NATALINO MARTINS

Ilustrações
Cris e Jean

UM DIA DE MATAR!

Ou: não podia ser pior, podia?

Coleção Jabuti Aventura

8ª edição
5ª tiragem
2014

Conforme a nova ortografia

Editora Saraiva

Editora: CLAUDIA ABELING-SZABO
Suplemento de trabalho: FLORIANA T. CAVALLETE
Preparação de texto: CARMEN TERESA SIMÕES COSTA
Coordenação de revisão: LIVIA MARIA GIORGIO
Edição de arte: NAIR DE MEDEIROS BARBOSA
Supervisão de arte: JOÃO BATISTA RIBEIRO FILHO
Produtor gráfico: ROGÉRIO STRELCIUC

Dados Internacionais de Catalogação na Publicação (CIP)

Martins, Natalino Ferraz, 1944 -
Um dia de matar!, ou: não podia ser pior, podia? / Natalino Martins ; ilustrações Cris e Jean. — 8. ed. — São Paulo : Saraiva, 2009. — (Jabuti)

ISBN 978-85-02-01709-2 (aluno)
ISBN 978-85-02-01825-9 (professor)

1. Literatura infantojuvenil I. Cris. II. Jean. III. Título. IV. Título : Não podia ser pior, podia? V. Série.

CDD-028.5

Índices para catálogo sistemático:

1. Literatura infantojuvenil 028.5
2. Literatura juvenil 028.5

Editora Saraiva

Rua Henrique Schaumann, 270
CEP 05413-010 – Pinheiros – São Paulo-SP

SAC 0800-0117875
De 2ª a 6ª, das 8h30 às 19h30
www.editorasaraiva.com.br/contato

200771.008.005

Impressão e Acabamento Assahi Gráfica e Editora.

Coleção Jabuti Aventura

Editora Saraiva

UM DIA DE MATAR!

Ou: não podia ser pior, podia?

NATALINO MARTINS

Apreciando a Leitura

■ Bate-papo inicial

Acordar tarde para ir ao colégio, a ausência da mãe para resolver esse pequeno problema inicial, um carro velho na garagem e um jeito muito desastrado de ser são ingredientes que só poderiam compor uma trama repleta de confusões. E se todos eles estiverem presentes num único dia, sem dúvida esse será *Um dia de matar!*

■ Analisando o texto.

Um conto de fadas moderno?

1. Nos contos de fadas tradicionais, o jovem herói era arrancado do ambiente acolhedor onde vivia para enfrentar as dificuldades do mundo exterior. Muitas vezes, isso ocorria porque ele havia infringido alguma ordem, estabelecida quase sempre pelos pais. Inexperiente e confuso, o herói era submetido a uma série de situações difíceis, que deveria vencer a fim de retornar para casa e usufruir o merecido descanso. Seu erro era perdoado e seu crescimento, reconhecido. Evidentemente, não faltavam as fadas e os gênios da floresta para auxiliá-lo na dura missão.

Veja como a grande aventura de Beto a algumas quadras de sua casa mais parece um conto de fadas moderno. Para isso, relacione as duas colunas:

a) ambiente acolhedor
b) ambiente inóspito
c) infração
d) situações difíceis
e) "gênios da floresta"
f) opositor/mediador
g) prova
h) reconhecimento do herói
i) conquista do amor

( ) pegar o carro da mãe
( ) bedel, moça da Zona Azul, motorista de táxi, frentista gago
( ) a casa de Beto
( ) as pazes com Bia
( ) Beto conta a verdade aos pais, numa prova de caráter e amadurecimento
( ) as ruas de seu bairro
( ) contar a verdade aos pais
( ) Afonso, o irmão mais velho
( ) a chuva, a prova, a multa, a falta de combustível, a batida, a fome...

2. "Aventura sugere uma sucessão, às vezes frenética, de acontecimentos. Isso ocorre a Beto, que, pressionado pelas dificuldades, experimenta diversas sensações em relação ao tempo.

Procure no texto trechos que ilustrem as seguintes situações:

a) Coisas boas passam depressa.

R.: ____

____

b) Coisas ruins demoram a passar.

R.: ____

____

____

c) Como seria bom fazer o tempo voltar nos momentos difíceis!

R.: ____

____

____

b) Reescreva o trecho entre aspas do item anterior, unindo os períodos, acrescentando verbos às frases nominais. Que diferença você notou?

R.:

8. Reconheça os recursos estilísticos da comparação (aproximação de elementos com algum traço comum), da hipérbole (exagero na expressão) e da antítese (aproximação dos opostos) nos trechos abaixo:

"O pneu esquerdo traseiro parece meu pão: achatado, mole e murcho".

R.:

"O guarda se aproxima, com uma capa transparente e um olhar opaco".

R.:

"Vou ter de me trancar na garagem para enxugar essa joça. Não tem nada que uns vinte panos de chão, um aspirador invertido e dois secadores de cabelo não resolvam. Isso e mais umas três horas de trabalho".

R.:

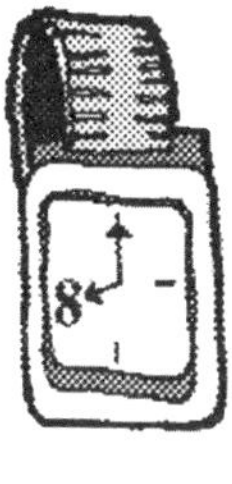

9. Observe os verbos em destaque: "*Puxo* o afogador, *tento* de novo. Porcaria, meleca! Já *tem* uns três colegas olhando. *Esqueço* o orgulho, *pergunto* se *sabem* como resolver o problema. *Descubro* que todo mundo *sabe* resolver esses casos. Quando *é* no carro dos outros!"

Em que tempo estão? O que isso representa para a narrativa?

R.: ____

____

____

____

____

____

____

Pesquisando

10. Faça uma pesquisa: pergunte a seus colegas e amigos o que pensam a respeito do fato de o jovem de 16 anos poder votar mas não poder dirigir. Discutam também sobre a maioridade penal. Leve o resultado para a sala de aula e combine com seu professor um dia para fazer uma discussão sobre o assunto.

■ Redigindo

11. Nas sociedades primitivas, os jovens eram submetidos a provas para serem aceitos no mundo dos adultos. Eram os chamados "ritos de passagem". Evidentemente isso não ocorre mais; porém, muitas vezes os jovens vivem situações difíceis, conflituosas, que constituem verdadeiros aprendizados. O cinema e a literatura exploram esse tema de formas variadas. Redija a sinopse de um filme a que você tenha assistido e que trate desse tema. Depois, mostre-a a seus colegas.

12. Relate um fato de sua vida que tenha um significado especial. Não conte tudo de uma vez. Analise a situação, dê uma atenção especial ao suspense, prepare o desfecho a fim de prender a atenção do leitor. À medida que narra, você pode contar o que pensa e sente. Valorize seu texto, narrando-o com vivacidade!

5. Os "plantões" paternos representam toda a sabedoria acumulada pelas gerações anteriores e vêm socorrer Beto a cada complicação.

a) Você acredita que essa sabedoria funciona nos dias de hoje? Pense na situação vivida por Beto e na realidade que você mesmo vive.

R.:____

____

____

____

____

____

6. Existem no texto algumas alusões a filmes, músicas, programas de TV. Procure saber a que se referem os trechos destacados abaixo:

a) "Se meu BMV pegasse".
b) "Eu era feliz e não sabia".
c) "Abraço-a e começamos a girar. Que maravilha! A girar".
d) "Preciso de um guarda-chuva, aqui e agora".

R.:____

____

____

____

Linguagem

7. "Estou atrasado. Olho o relógio. Parado. Pô! O carinha do quarto ano me garantiu que era à prova d'água. E me levou o *skate* novinho. Que droga! Não pode ser pior, podia?"

a) Períodos curtos, frases nominais, exclamações, interrogações: o que esse tipo de construção transmite?

R.:____

Para qualquer comunicação sobre a obra, entre em contato:

SAC
0800-0117875
De 2ª a 6ª, das 8h30 às 19h30
www.editorasaraiva.com.br/contato

Escola: ______

Nome: ______

______

Ano: ______ Número: ______

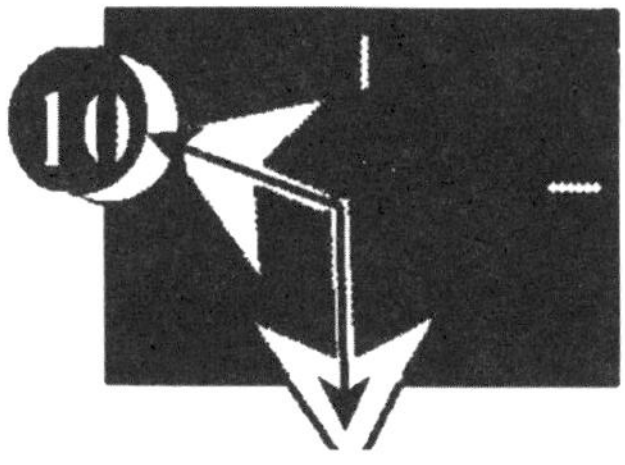

d) Adolescência é tempo de transição, tempo difícil, que os adolescentes desejam ultrapassar logo.

R.:____

____

____

____

____

3. Beto está a poucas quadras de sua casa, portanto em um ambiente conhecido, mas as condições adversas que experimenta fazem-no sentir-se só e desprotegido. A necessidade de agir e resolver seus problemas favorece algumas descobertas. Que descobertas ele faz em relação a outras pessoas? E nele mesmo, que mudança se opera?

R.:____

____

____

____

____

____

4. O autor confronta dois mundos por meio da ação dos personagens. Identifique as características de cada um marcando *a* para o mundo dos jovens e *b* para o mundo dos adultos.

impulsividade ( )	independência ( )	trabalho ( )
estudo ( )	ponderação ( )	paciência ( )
dúvidas ( )	certezas ( )	insegurança ( )

Você acredita que na vida real exista essa separação de forma tão radical?

R.:____

____

____

A Cler, minha irmã,

Rosi, minha amiga,

Rosicler, escritora,
cúmplice adorável desta aventura.

SUMÁRIO

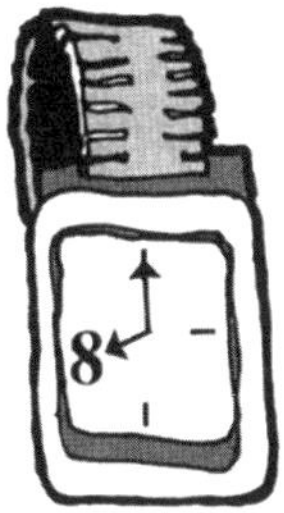

8 horas
Dormi com uma loira!!!

Ela é linda! Alta, loira, sensual. Parece uma artista de novela. Não, de cinema! Seu *négligé* é cor-de-rosa, transparente. Mostra mais do que esconde. Ela se aproxima cada vez mais, sorrindo. Reclina-se sensualmente sobre mim. Seus lábios carnudos procuram os meus, com desejo e volúpia. Puxo sua cabeça, abro levemente a boca e... BIP! BIP! É o alarme do meu relógio de pulso! Bela hora de ele resolver tocar!

Dou um sorriso amarelo para a beldade e, com dificuldade, dobro meu braço direito, passando-o pela frente de seu lindo rosto, ela me olha impaciente, ansiosa. Procuro, com esforço e um gemido contido, alcançar o pulso esquerdo com a mão direita. Desligo o alarme. Estou voltando o braço, dou uma cotovelada no queixo daquele monumento de beleza. Digo apressado e carinhosamente:

— Desculpe, amor...

— Tudo bem, querido.

Clima restabelecido. Me animo e pergunto no melhor estilo que só se obtém após anos de muita experiência:

— Onde paramos, doçura?

— Aqui, boneco — diz beliscando o...TRIMMMMMMMMM!!! De novo? Não pode ser o relógio de pulso! Primeiro, porque nunca deito de relógio; segundo, meu relógio não tem alarme!

Droga, é o despertador! Acordo suado, excitado e... frustrado. Que sonho! Que mulher! E que horas? Oito e quinze! Estou atrasado! Ai, que sono!... Acho que dá para dormir mais um pouquinho.

Só dois minutinhos... Não! É melhor levantar logo ou vou acabar perdendo a prova. Ah! Mas que soninho gostoso... Daquele que dá de verdade, quando a gente tem de ir para a escola. Eu mereço mais uns minutinhos...

E se eu dormir de novo? Não! Vou levantar. Uhm! Espreguiço. Se eu dormir, minha mãe chama, ela sabe que... Zzzzzzzz!!!

Opa! Lá vem a loira outra vez. Beleza! Agora vai dar... TRIMMMMMMM!!!

Maldito despertador! Quê??? Oito e vinte!!! Tô ferrado! Cadê minha mãe??? Não se faz mais mãe como antigamente!

Pulo da cama como uma mola. O dia começa...

8h30
Operação BMV

Ai, por que não levantei mais cedo? Oito e meia! A prova é às nove! Cadê a maldita cueca?

— Mãe, o café está pronto? Por que não me acordou?

Silêncio. Corro para a cozinha, me trocando pelo caminho. Caio na escada, com as pernas presas nas calças arriadas. Nada grave.

Pô! Gostaria de estar começando o dia de novo. Ter deitado mais cedo, ter aquele sonho até o fim. Que mulher!

O professor disse que é normal ter sonhos eróticos. Podia ter aproveitado. O dia não podia começar pior. Ou podia? Descubro logo.

— Mãe! — chamo de novo.

Droga! Quando eu preciso, some, quando não, está sempre no meu pé. Ué? Ninguém na cozinha?

Lembrei! Ih! É mesmo, minha mãe ia levar papai ao aeroporto e depois ia ao dentista, acho. Ela me avisou umas dez vezes. Tinha de avisar vinte! Afinal, mãe sabe que filho esquece.

E eu contando com ela para me levar para a escola. Ainda vou acabar perdendo a prova. Fique calmo, dá tempo. Oito e trinta e seis e um copo de leite. O pão, como no caminho. São seis quadras, de bicicleta dá uns cinco minutos, a pé, vinte. Ainda vai dar tempo de dar uma olhada naquele ponto de logaritmo que eu estou meio por fora.

Ah! Se pudesse voltar no tempo: umas duas horinhas já estava bom. Acordava mais cedo, tomava um café reforçado e estudava com calma. E a loira!

Encontro um bilhete no chaveiro: "Beto, bom dia. Não esqueça de pegar o bolo do Afonso na doceira. Beijos, Mamãe".

Droga! Hoje é aniversário do peste do meu irmão — Afonso, o Adulto. Só porque está na faculdade e tem dezenove anos, pensa que é o bom. Vivo brigando com ele. Vou pegar o bolo na volta.

É... não podia ser pior. Ou podia? Abro a porta. Podia. Pode. Está chovendo. Droga! Não vai dar para ir de bicicleta. A pé? Também não dá.

— Mãe, cadê o guarda-chuva?

Seu burro, ela não está. Mas é como se eu a ouvisse:

"Beto, não esqueça onde põe o guarda-chuva. A hora que precisar, vai ver. Você já perdeu três, só este ano!"

Ela falou isso a última vez ontem e eu, nem tchum.

"Tá, mãe!", resposta mental automática.

Não vou nem tentar procurar o guarda-chuva. Opa! Lembrei. Legal, eu nunca lembro de nada. Lembrei que deixei na casa da Bia, ontem à noite. É, na ida estava chovendo. Deve ter ficado na varanda. Mas de que adianta lembrar disso, imbecil. Preciso do guarda-chuva, aqui e agora. Já ouvi isso antes...

Vou ter de ir de ônibus. Se ele não demorar muito para passar, dá tempo folgado. E se demorar? Tô ferrado. Não podia ser pior. Ah! Se desse para atrasar o relógio, refazer tudo direito. Se pelo menos não estivesse chovendo, já estava bom.

Péra aí! Eu podia ir com o BMV! Esse é o nome familiar para a Brasília Muito Velha, da mamãe. Não! Não vou fazer isso. Mentir, nem pensar! Se meu pai descobre, me esfola! "Dirigir só depois dos dezoito e com a carta na mão." Este é o seu lema!

Votar com dezesseis pode, dirigir, não. Também, o que é mais difícil para um jovem: dirigir ou escolher o presidente da República? E o mais importante? Esses caras têm cada uma!

Oito e quarenta e um! Incrível! Quando você quer que o tempo corra, ele para, e vice-versa. Na aula de Química, aquela chatice, um minuto demora três, quatro, às vezes cinco. Você olha para o relógio e o ponteiro lá, paradão. Quando a gente está numa legal, com uma gata ou jogando basquete, o tempo voa! Sacanagem!

Seu burro, vê se se concentra! Volto a pensar no carro.

Como meu pai vai saber que peguei o carro? Ele foi para o Rio, só volta à noite. Minha mãe volta na hora do almoço e o Afonso está na faculdade. É isso: iniciar a operação BMV.

Rápido para a garagem. Ligo o motor. Enquanto esquenta, vou pegar os documentos. Estão na gaveta do criado-mudo. Enfio os documentos na cintura, atrás. Com *jeans*, não dá para pôr documento no bolso da frente e sentar. Amassa tudo.

Levanto a porta da garagem. Dou ré e... PLONC-PLEFT!! Ai, meu Deus! Atropelei alguma coisa. Desço correndo. Minha *bike* novinha está embaixo do carro, toda retorcida. Plantão mãe no ar:

"Beto, cuida bem desta porque é a última que vai ganhar. Já roubaram duas que você esqueceu de pôr para dentro. E uma era do seu irmão!"

"Tá, mãe!", resposta mental ciclística.

Não podia ser pior. Podia? Pode. A bicicleta está presa e o guidão riscou o para-lama recém-pintado. Ah! Se pudesse voltar meia hora no tempo! Ia de ônibus, podia até estar chovendo e forte.

Consigo tirar a bicicleta. O arranhão vejo depois. Saio, e em cinco minutos estou estacionando, quase na porta da escola.

Quando estou descendo, vejo uma moça acenando, protegida no abrigo do ônibus. Está com um uniforme parecido com o do Exército da Salvação. Parece que quer falar comigo. O que será que ela quer? Não tenho tempo. Dou duas voltas com a mão levantada, querendo dizer: depois. Não sei se ela entendeu. Me mando, estou atrasado.

9 horas
A prova de fogo

Entro na sala, ofegante. O professor ainda não chegou. Legal, vai dar tempo para tirar aquelas dúvidas sobre logaritmo. Começo a perguntar para o Pedro, ele é repetente, sabe tudo. Bia, minha namorada, chega interrompendo.

— Oi, Beto! Olha, trouxe o seu guarda-chuva — diz carinhosamente.

— Agora?! Muito obrigado. Por que não me deu ontem? Por sua causa tive de pegar o carro da minha mãe! — falei muito macho.

— Ah é, é? Era eu que tinha de lembrar da droga do seu guarda-chuva? Seu mal-agradecido! Venho até aqui embaixo de chuva, preocupada em te entregar esta porcaria, o boneco vem de carro, e ainda dá bronca? Vai andar!

Percebo que extrapolei. Estou nervoso e descarreguei nela. Tento consertar:

— Desculpe, é que estou meio grilado, sabe, a droga dessa prova. . .

— Pois se depender de mim, espero que piore muito. E passe muito mal.

— Bia! Bia!

Chamo, enquanto ela sai ofendida, toda empinadinha, daquele jeito que só mulher sabe fazer. Tenho vontade de dar um soco nela, mesmo sabendo que nunca faria isso. Plantão mãe na jogada:

"Beto, meu filho, em mulher não se bate nem com uma flor."

"Tá, mãe, e com um porrete, pode?", resposta idiota irada.

Mais essa agora. Ah, se eu pudesse voltar no tempo. Só dez minutinhos. Não teria apelado com a Bia e daria tempo de rever aquela dúvida.

Eu e a Bia namoramos há umas duas semanas, mas nos conhecemos desde pequenos. Somos quase vizinhos. Nunca pensei que um dia fosse namorar aquela menininha magrela, tímida e sardenta que usava aparelho nos dentes. No recreio, eu vivia puxando o cabelo dela. Ela só repetia: — Para, Beto! — Bobão.

Pois aquela menina se transformou em uma moça linda. Dentes perfeitos, corpo esguio e um gênio de carroceiro. Nessas duas semanas de namoro, mais brigamos do que qualquer outra coisa. E olha que eu bem que tentei a outra coisa!

Não estou muito certo se gosto mesmo dela. Mas que é bonita e inteligente, isso é.

O professor chegou. Não podia ser pior. Podia? Só falta agora cair alguma questão com logaritmo. Leio a prova. Duas questões com logaritmo. Duas em cinco! Pode ser pior sim. Protesto:

— Pô, mestre, duas questões de log...

— Acha pouco, seu Alberto? Na última aula, à qual, por sinal, o senhor faltou, avisei que era importante e iria cair na prova. Lembram-se? — fala dirigindo-se à turma; todos concordam.

Eu não me lembro de ter faltado. Acho que foi na hora que pedi para ir ao banheiro. Ou será que faltei mesmo? Sei lá! Plantão pai na orelha:

"Beto, o importante é não faltar às aulas e prestar muita atenção ao que o professor diz."

"Tá, pai!" , resposta mental criativa.

Em meia hora respondo aos três problemas honestos. Acho que acertei dois, o outro... pode ser. Preciso de seis para não ficar em recuperação. A coisa tá preta! Penso! Penso! Nada. Apelo, tento colar. Mal estico o pescoço por sobre o ombro do Pedro, ouço:

— Precisa de alguma ajuda, senhor Alberto?

— Não, mestre. Ia só pedir a borracha — falo com um sorriso amarelo.

— Ah, bom! Pensei que estivesse com intenção de colar. A propósito, é melhor pedir um solvente. Borracha não apaga esferográfica.

Risadas gerais. Mais um fora.

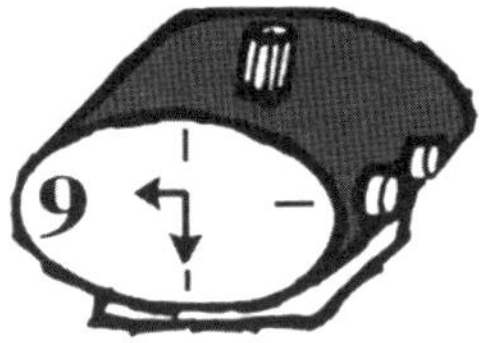

9h30
Recuperação à vista

Tô ferrado! Acho que vou ficar em recuperação. Férias prejudicadas e bronca pela frente.

— Mestre, pode fazer o favor? — chamo humilde.

O professor é legal. Decido pedir umas dicas. Ele dá. Antes tinha uma dúvida, depois das explicações, tenho três. Peço mais esclarecimentos.

— Senhor Alberto, o cavalheiro falta e ainda deseja uma aula particular durante a prova? — risadas. — Daqui a pouco vai querer que eu faça a prova para o senhor!

Pai no ar:

"Beto, o importante é dominar os conceitos fundamentais."

"Tá, pai" , resposta mental fundamentada.

Pense! Pense! Você já fez esses exercícios antes, sua mula. Epa! Estou lembrando. É isso! Veio tudo claro na minha cabeça. Começo a escrever...

TRIMMMMMM!!! Não acredito, é o sinal. Justo agora!

— Mestre, mais três (cinco, dez, vinte) minutos, por favor! — eu e mais uns três pedimos juntos.

Ah! Se pudesse voltar no tempo. Uns quinze minutos estava bom. Mais os cinco que ele deu, ficava folgado. Mesmo que todas as questões fossem de logaritmo!

Pô! Agora dois minutos passam em um. Cinco em dois e quinze em cinco!

— Tempo acabado! — fala o professor nos apressando.

— Só mais um pouco! — o mesmo coro.

Agora é aquela enrolação, até entregar a prova. Parece a hora de falta da meia-lua. Valendo o campeonato. Seu time ganhando de 1 x 0. Quarenta e cinco minutos de jogo, segundo tempo.

Você manda seu goleiro cair. Põe três na frente da bola. Aponta o relógio para o juiz. Pede barreira. Faz ela andar para a frente. Tem cãibra na língua. Inventa qualquer coisa para ganhar tempo.

Faço tudo isso e ainda estou escrevendo, enquanto o professor puxa a prova. Ele puxando e eu escrevendo. É mole?

— Vamos, Alberto — diz o professor pacientemente.

Entrego a prova, relutante. Faço o último apelo, como um condenado prestes a ser fuzilado.

— Por favor, amado mestre, capricha na correção e considera o raciocínio.

No amor, na guerra e em prova de Matemática, vale tudo.

Será que descolo o seis? Talvez, mas acho que não. Droga!

Não podia ser pior...

10 horas
Bia, minha doce namorada

Resolvo ligar para a Bia. Preciso limpar a barra. O Pedro está usando o telefone do pátio. Desligou.

Vou chegando com um sorriso armado.

— E aí, Pedrão! — falo amigavelmente.

— Oi — responde friamente.

Pedro é um amigo antigo. Gosto dele e ele da Bia. Até já namoraram um tempinho. Desde que comecei a namorar com a Bia, ele me colocou na geladeira. Eu compreendo, está com ciúmes. Pergunto ansioso:

— Pedro, a quarta questão deu 27,4 ou 28,45? Eu fiz de dois jeitos. Escolhi o primeiro. É o certo, não é?

— Não, é o segundo — responde seco.

Noto um prazer sacana na sua voz. Babaca! Me humilho mais um pouco.

— Pedro, pode me emprestar seu cartão telefônico?

Ele dá, sem disfarçar a má vontade. Com a ficha garantida na mão, digo, vingativo:

— Vou ligar para a Bia.

— Não vai dar, cara, ela está ali — fala apontando para a cantina, de um jeito seguro.

Aí tem coisa.

— Bia! Bia! — chamo. Ela se vira. Uma gata! E com cara de leoa brava.

— Oi, meu bem! — digo com voz melosa. — Vou te levar para casa.

— Muito obrigada — responde friamente.— O Pedro vai me levar, acabamos de combinar.

— Vai levar coisa nenhuma! Você vai é comigo, seu namorado.

— Vou com o Pedro, já disse! E não sou mais sua namorada.

A patota se formou e eu no meio, fazendo papel de bobo. Tento sair por cima.

— Isso quem decide sou eu. Pronto, decidi! Você não é mais minha namorada.

— Ah, vá lamber sabão, seu pretensioso!

— Pode me devolver o cartão telefônico. Acho que não vai precisar mais — diz Pedro com cara de anjo.

Devolvo o cartão bruscamente, acrescentando um "muito obrigado" , que significa "pode engolir".

Os dois saem, juntinhos debaixo do guarda-chuva. O desgraçado põe a mão no ombro dela, ela passa o braço na cintura dele. Aquilo dói demais.

Pela primeira vez sinto que estou apaixonado. Ou será dor de cotovelo? Daquele tipo que dá na testa. Eu mato ela! Não, mato ele. Melhor, mato os dois... Ou me mato e ela fica com remorso. Peraí! Perfeito: mato os dois e em seguida me mato!

Enquanto falo, sabendo que não vou fazer nada disso, acompanho os dois saindo, invejoso e com raiva.

Pedro é rico, tem mais de dezoito anos, carta de motorista e um carrão. Filho da mãe, tem tudo e ainda quer ficar com a minha Bia. Nunca!

Dor de ciúme é de lascar. Não pode ter nada pior. Pode? Pode sim. Raiva de gozação é ainda pior.

— Beto! Aquela não é a Bia? — diz Regina, de passagem, evi-

dentemente satisfeita. Regina é uma ex, aproveitando para tirar uma casquinha.

A patota assiste à cena. Ouço alguns comentários:

— Esse dançou feio!

— Já era!

Risadinhas, murmúrios e bem-intencionados tapinhas nas costas. Daqueles do tipo "deixa pra lá!". Doem como socos no estômago. Droga, droga! MIL VEZES DROGA!

Quando chegar em casa, eu ligo para a Bia, planejo. Tenho que acertar nosso caso. Não dá para aguentar ela com o babaca do Pedro. Ainda mais que o cara é amigo do meu irmão. Vou ter de suportar gozação também em casa!

Acho que me apaixonei e na hora errada!

Tá chovendo pacas. Como é que vou até o carro? O guarda-chuva? Onde deixei a droga do guarda-chuva? Na sala, lembro. Subo correndo os três lances de escada. Sala trancada. Desço correndo até a secretaria e enfio a cabeça na janelinha. Lá está seu Rodolfo, o diretor. Cadê a secretária? Ele fica me olhando firme, severo. Eu respirando fundo, ofegante. É a asma e a corrida. Ponho o dedo na palma da mão, gesto de quem pede tempo. Ele cruza os braços, como a dizer, ironicamente, que não tem pressa. Já se amontoaram uns quatro alunos atrás de mim. Começa a chiação:

— Vai logo!

— Desinfeta!

Seu Rodolfo é amigo de infância de meu pai. Sempre conversa comigo, dá conselhos. Tudo que eu faço na escola meu pai fica sabendo. E o pessoal no meu pé:

— O Beto é peixinho!

É uma barra! Explico a história do guarda-chuva para o seu Rodolfo. Ele me dá a chave da sala e diz:

— Alberto, quando voltar quero falar com você.

A inevitável gozação dos colegas da fila:

— Vê se ele aumenta minha nota também — diz um.

— Preciso da prova de Geografia — fala outro.

Não tenho tempo para responder. Subo e volto, a toda, agora

com o guarda-chuva. E sem a chave! Droga! Plantão pai em edição ordinária:

"Beto, o importante é se concentrar no que faz, para não ter de fazer novamente."

"Tá bom, pai", resposta mental ofegante.

Subo devagar, a chave está na porta. Volto mais devagar ainda. Felizmente seu Rodolfo não está. Devolvo a chave para a secretária. A chuva aumentou. *It is raining cats and dogs*. Bela hora de pensar em aula de inglês — seu babacão!

10h30
A chave

A chuva virou tempestade. Guardo meu livro no armário. O guarda-chuva é daqueles de dobrar. Brigo um tempão, antes de conseguir abrir. Enfio o tênis encharcado no barro. Opa! Esse tênis não é meu! Peguei o tênis do meu irmão. O novo! Não estou apenas ferrado. Tô é... deixa pra lá.

Ah! Se eu pudesse voltar no tempo. Só queria estar com o meu tênis. O resto podia até ficar como está. Penso melhor. Menos a história da Bia com o Pedro. Isso não vou deixar barato.

Que dia! Não podia ser pior. Podia? Podia. Pode. Não encontro a chave do carro. Volto correndo para a secretaria. Pergunto:

— Alguém entregou umas chaves?

— Chaves? Tem um monte aqui. Só hoje entregaram duas.

Graças a Deus, estou salvo! A secretária geme ao levantar uma caixa cheia de chaves, dezenas, centenas de chaves. Tem de todo tipo, de todos os tamanhos e formas. Viro tudo no balcão, afobado. Tenho de encontrar! A minha tem um chaveiro com uma garrafinha. Procuro um tempão. Tem chave para todos os gostos e um monte de chaveiros com garrafinha. A minha? Neca! Plantão mãe na jogada:

"Beto, chaveiro é para prender no passante da calça. Assim você não perde."

"Tá, mãe" , resposta mental perdida.

Pego a chave da sala de novo, subo as escadas, procuro na sala, no corredor, no pátio. Nada! Volto, procurando. Vou até o carro, procurando. Encontrei! As chaves estão no contato, visíveis por entre os pingos que escorrem pelo vidro. DROGA! DROGA! Tranquei o carro com a chave dentro! Ah, se eu pudesse voltar... Para com isso... já encheu o saco!

No desespero, pergunto esperançoso para um aluno que mal conheço:

— Por favor, você sabe como abrir o carro, deixei a chave dentro.

— Sei, é fácil — responde apressado, sem concluir.

Legal, estou salvo!

— Como faço? — pergunto ansioso.

— É só ter uma chave igual do lado de fora — diz, rindo, enquanto corre com um plástico cobrindo a cabeça.

Faço um agrado mental para a progenitora do engraçadinho. Repito a pergunta para um senhor que vai entrar no carro ao lado. Ele responde:

— Você tem cópia?

Balanço a cabeça, negando. Estendo o galanteio mental para a mãe dele também. Pode? Se eu tivesse cópia, acha que ia ficar perguntando? Imbecil! Ele corta meu pensamento:

— Se você tivesse, eu podia te levar até sua casa para buscar.

Retiro o galanteio mental junto com o imbecil, ao reconhecer sua boa vontade e o pai da namorada do Afonso.

Já vou morrer por causa do tênis. Não quero morrer também por destratar o futuro sogro do meu irmão!

— Você tem um arame? — ele pergunta, com vontade de ajudar.

— Não, senhor — respondo batendo nos bolsos como se um arame pudesse aparecer de dentro do *jeans*.

— Então arruma um. Com um arame dá para levantar a trava pela abertura do vidro. Desculpe, mas estou com pressa. Até logo.

Consigo um arame e volto, trazendo seu Antônio, o bedel. Ele sabe como abrir. Enquanto tenta, cubro sua cabeça com o guarda-chuva e fico encharcado.

Um daqueles colegas da fila passa e pergunta, sorrindo:

— E aí? Problemas com a chave?

— Não, é com o carburador! Idiota! — respondo irritado.

— É uma pena — diz o outro sorrindo. — Se fosse a chave, era só entrar pelo outro lado, o vidro está aberto — continua a andar, morrendo de rir.

Seu Antônio olha para mim e levanta os olhos desconsolado, com uma cara especial e molhada. Plantão pai no ar:

"Beto, antes de começar qualquer tarefa, estude-a direitinho. É a melhor maneira de fazer um bom trabalho e com menos esforço."

"Não enche, papai querido", resposta mental raivosa.

Reconsidero: "Desculpe, o senhor é que está certo", resposta mental arrependida e encharcada.

Ah! Se eu pudesse voltar no tempo. Seguia as recomendações de meu pai e já teria aberto o carro, fácil, fácil.

Seu Antônio continua a me olhar, quieto. Sem saber direito o que fazer, digo, precipitado:

— Obrigado pela ajuda, seu Antônio. Pode levar o guarda-chuva. É presente.

Falo e me arrependo. Mas é tarde. Ele não fala nada, vai embora levando o quarto guarda-chuva do ano. Não deixo minha mãe entrar na minha cabeça em mais um plantão extra. Ah, se eu pudesse voltar...

11 horas
A multa

Parou de chover. Volto para a escola correndo e pego meu livro. Encontro seu Antônio e peço o guarda-chuva de volta com o mesmo ímpeto de quando o dei de presente. Ele devolve sem dizer nada. Gente fina o seu Antônio. Prometo a mim mesmo que na próxima mesada dou um presente para o bom homem.

A moça do Exército da Salvação está colocando um papel no vidro do carro. Deve ser um daqueles santinhos que eles distribuem. Decido ajudar. Quem sabe uma boa ação melhore o dia. Além disso, meu pai disse que o Exército da Salvação é uma organização séria. Pego meu único real no bolso da calça. Parece um mata-borrão usado. Chego no carro e pego o papel. A moça fica olhando. Leio o papel. Não, não é um santinho! É uma multa! Uma simples e bela multa, com data, endereço, tudo a que tem direito.

— Uma MULTA!!! — berro, assustando a moça. — O que é isso? — pergunto idiota e desesperadamente.

— Uma multa — ela responde baixo, quase sem jeito, como quem diz: "É aquilo mesmo que acabou de gritar".

Percebo que ela está com pena. Parece até arrependida.

— Mas por que essa multa? — enfim uma pergunta inteligente.

Pelo jeito que me olha parece não compartilhar de meu julgamento. Diz pacientemente, apontando a placa:

— Aqui é zona azul. Eu tentei avisar, quando chegou, mas parece que estava com muita pressa. Esperei um bocado... acabei colocando.

Ela realmente está com pena de mim. Apelo:

— Por favor, retire essa multa, moça. Aqui nunca foi zona azul e eu estou sem talão. Meu pai me mata. Me ajuda, vai!

— Vai desculpar, mas eu já lavrei a multa. Não dá para tirar. E aqui é zona azul há pelo menos três meses. Sinto muito, mas precisa prestar mais atenção.

Eu quase respondi: "Tá bom, mãe".

Ela completa, apontando com boa vontade:

— Acho que aquilo ali, todo molhado, é um bloco de zona azul. Judiação!

Olho para o que foi um bloco, com cara de idiota. Dirigi sentado em cima do dito cujo! Agora parece um, um... bolo de papel mastigado por um camelo. Mas que pensamento idiota! Volto a olhar para a multa. Meio salário mínimo! Uma mesada! Quem acha o salário mínimo baixo ou nunca levou multa, ou não vive de mesada. Tô ferrado. Como vou fazer? Pegar emprestado do Afonso, nem pensar. Vou ter de me virar!

Ah! Se eu pudesse voltar no tempo. Meia horinha, até menos. Não teria sido multado. O resto tudo bem. Menos o caso com a Bia. É, as coisas não podem ficar pior...

11h30
Se meu BMV pegasse

Entro no carro. Tudo molhado. Parece um aquário! Vou ter de me trancar na garagem para enxugar essa joça. Não tem nada que uns vinte panos de chão, um aspirador ligado invertido e dois secadores de cabelo não resolvam. Isso e mais umas três horas de trabalho... Seu panaca!

Estou atrasado. Olho o relógio novo. Parado. Pô! O carinha do quarto ano me garantiu que era à prova d'água. E me levou o *skate* novinho. Que droga! Não podia ser pior. Podia?

Pode. Tento dar a partida — INHAM! INHAM! INHAM! O carro não pega. Tento outra vez. E outra. Nada! É hoje! Que dia de matar! Espero um pouco, deve estar afogado... duplamente. Penso no que meu pai faria. Agora que preciso tanto, não pinta nenhum de seus conselhos. Ah! Se pudesse voltar no tempo, seguiria só um conselho dele: não pegue o carro. Agora é o carro que não pega!

INHAM! INHAM! Nada. Puxo o afogador, tento de novo. Porcaria, meleca! Já tem uns três colegas olhando. Esqueço o orgulho, pergunto se sabem como resolver o problema. Descubro que todo mundo sabe resolver esses casos. Quando é no carro dos outros!

— Tá afogado — diz um. — Espere uns três minutinhos e dê a partida de novo. Não tem chabu!

— Não! — fala outro. — Puxa bem o afogador e dá a partida, só uma vez.

— Nada disso, assim afoga mais. Enfia o pé no acelerador e segura até pegar — diz o terceiro.

Tento de todos os jeitos. A cada tentativa malsucedida, o autor da ideia aponta algum erro meu.

— Você não manteve o pé no fundo!

— Tinha de esperar mais tempo antes de dar a partida.

— Você não deu partida curta.

E o tempo correndo, daquele jeito maluco: cada três minutos passam em sessenta segundos. Chega um cara do terceiro ano do ensino médio, com ar de entendido. É o mesmo que me desceu o sarrafo no jogo de futebol. Desde esse dia, estou com ele atravessado. Parece a fim de ajudar. Examina o motor, manda ligar, mexe daqui, mexe dali, coça o queixo e dá seu diagnóstico de especialista:

— É a rebimboca da parafuseta, não há dúvida!

Aí eu não aguento! Meu sangue ferve e, sem pensar, parto para cima do desgraçado. Ele vai ver com quem está lidando! A briga é curta. O cara é maior e mais forte. Felizmente o pessoal separa logo. Eu, que estava ensopado, agora estou imundo da cabeça aos pés. Bem que eu disse que ele ia ver. Ele vai. Eu é que estou vendo menos, pelo menos com o olho esquerdo, inchado e roxo. Ele vai embora, afastado por um dos colegas. Eu fico xingando, o orgulho mais ferido que o olho. Fui corajoso e ele levou umas boas porradas. Rádio mãe:

"Beto, nunca banque espingarda contra um canhão."

"Tá, mãe!", resposta mental dolorida.

Volto para o carro, arrependido de ter brigado. Não podia ser pior. Podia? Pode. Tento a partida outra vez. Lembram daquele barulhinho irritante? — INHAM! INHAM! Pois é, sumiu! Os colegas que restaram falam o óbvio e ao mesmo tempo:

— Ih! A bateria pifou!

Um deles completa, com a cara mais lavada do mundo:

— Justo agora. Era o tempo certo para desafogar.

Grande consolo! Quero morrer de catapora. Sinto saudades

do barulhinho. Ah! Se eu pudesse voltar... Para com isso e resolve o problema, toupeira ambulante!

Meio-dia
Barriga vazia

Estou ficando com fome. Lembro que ainda não comi nada hoje. A fome aumenta com a lembrança.

— Vamos ter de empurrar — falo olhando com cara de quem pede.

— Eu não vou enfiar meu tênis nessa lama — diz o primeiro.

— Eu te ajudo — diz o outro, com pena.

O primeiro fica sem jeito e adere:

— Tá bom, eu empurro.

Seu Antônio, o bedel legal, chega e ajuda, sem dizer uma palavra. Eu, que já gostava dele, passo a adorá-lo. Ainda tem gente legal neste mundo. Empurra pra cá, empurra pra lá. No plano, na descida. Dou um tranco, depois outro. Vários. Nem sinal. Nadinha. Dou um murro na direção. Minha mão fica doendo. Não entendo, TINHA de pegar.

— É, não vai — diz o do tênis, agora imundo.

Que eu faço? Tô ferrado. Os dois colegas também não sabem o que fazer e se despedem, meio sem jeito.

Vão embora, cuidar de suas vidas, voltar para casa, almoçar (ai, que fome!), ver televisão, estudar. Maior inveja! Até hoje pela manhã minha vida também era assim. Eu era feliz e não sabia. Já ouvi esse negócio em algum lugar.

Seu Antônio ali, firme, companheiro. Olha para meu olho. Não fala nada, mas sei o que está pensando: onde este rapaz foi arrumar esse olho roxo? De repente sai em direção do ponto de táxi. Outro que me abandona. E eu que achava o homem gente fina. Não deu nem até logo!

A moça do Exército, quer dizer, da zona azul, se aproxima. Pergunta se pode ajudar. Ainda está com pena de mim. Agradeço sinceramente. O que ela pode fazer?

Seu Antônio volta com um motorista de táxi. Esse bedel é gente finíssima! O motorista olha para mim de um jeito estranho. Parece que nunca viu um cara enlameado, com cara de desespero, um olho roxo e um carro que não anda.

Pede licença, enfia a cabeça, olha para o painel e decreta:

— É, sem combustível não vai — diz com naturalidade, completando: — É bom pôr um bife cru nesse olho.

Esse olho está é me enchendo! E se eu tivesse um bife, ia era comer, mesmo cru.

Caio na real. Sem combustível?! Eu, querendo fazer um carro andar sem combustível. Sou uma besta! Não, sou duas bestas. Uma matilha. E burro, matilha é um monte de lobos! Como será coletivo de bestas? Será que cai na prova de Português? Seu idiota! Isso lá é hora de pensar nisso? Só uma besta burra mesmo! Escuto meu pai:

"Beto, a primeira coisa a se verificar em um carro é o combustível."

"Tá, pai", resposta mental de tanque e barriga vazios.

Seu Antônio e o motorista olhando. Eu todo sem jeito. Parece que estão lendo meus pensamentos. Suspiro fundo e pergunto:

— Por favor, que que eu faço agora?

— Põe combustível!

Meu pai outra vez:

"Beto, quem faz pergunta idiota recebe resposta cretina."

"Tá, pai" , resposta mental desconsolada.

Volto à carga. Penso um pouco e pergunto no capricho:

— Como vou fazer o carro andar com a bateria pifada?

— Bom, nesse caso não adianta pôr combustível.

Acho que o cara pensa que sou débil mental. Ele é do tipo do tudo bem explicadinho. Lembro de meu pai. Respiro fundo e tento de novo:

— Mas como é que eu resolvo o problema?

— É fácil. Vai até o posto, compra combustível, traz até aqui e põe no tanque. Aí você resolve o problema da bateria.

— E como? — pergunto no desespero.

— Aí há três soluções possíveis...

Faz uma pausa e eu fico aflito. Será que ele está esperando que eu pergunte quais são as soluções? Felizmente ele continua:

— Uma é empurrar o carro até pegar. Com o movimento, se a bateria ainda estiver boa, ela recarrega. Se estiver ruim, ao desligar o carro vai ter de empurrar de novo. Outra é levar a bateria ao eletricista e verificar se ela está suficientemente boa para ser recarregada. Em caso positivo, dada a recarga, você traz a bateria de volta, instala no carro e tudo bem.

Ouço boquiaberto. Fiz uma pergunta simples e o cara tá dando uma aula de primeiros socorros automobilísticos! Deixa, ele está com boa vontade, quer ajudar. Continua:

— A terceira alternativa é comprar uma bateria nova. Há também uma solução mista, que é empurrar o carro fazendo com que pegue e depois ir ao eletricista. Lá você estuda qual das duas soluções anteriores é mais conveniente.

— Muito obrigado — falo depressa com medo que comece a criar mais alternativas. Vou saindo, mas ele continua.

— Lógico que qualquer das alternativas só dará certo se você colocar combustível no veículo.

Agradeço nova e insistentemente, despedindo-me, com medo de que resolva iniciar outra aula qualquer. Mas ele é insistente:

— Se quiser, eu te levo até o posto e depois, se precisar, até o eletricista. Não tem de pagar nada não. Só quero ajudar. Parece que o dia não está muito bom pra você.

Não está bom? Está de matar!

Fico comovido com a boa vontade do sujeito. É, ainda tem gente boa. Epa! Outro com pena de mim. Espio meu olho roxo no retrovisor e vejo minha cara suja. Examino minha roupa imunda e rasgada, o carro velho, parado. Também fico com pena de mim.

Olho com afeto para aquele camarada legal, professoral e um pouco chato. Digo:

— Muito obrigado, o senhor é campeão! Não precisa me levar não. O posto é ali mesmo e eu moro aqui ao lado. O importante agora é chegar em casa. Valeu!

Sinto que falta dizer mais:

— O senhor é campeão, mesmo! Se tiver um filho, ele tem um pai muito legal.

Digo com sinceridade, como despedida. Parece que cometo mais um erro. Ele arremata, sem perceber minha pressa:

— Obrigado, tenho um filho, sim. É assim, mais ou menos da sua idade, um ótimo rapaz. Mas, se ele pegar meu carro escondido, brigar na rua, fumar ou chegar em casa todo enlameado, entra na cinta.

— Eu não fumo! — respondo depressa, como um idiota.

— Então nem tudo está perdido — fala, acenando uma despedida cordial.

Seu Antônio continua quieto, mas seu olhar, embora amigo, é de reprovação. Meu companheiro gente fina também está me dando uma dura. A dele é muda, mas dói. Tudo bem!

Volto à luta. Primeiro o combustível. Reviro os bolsos à procura de dinheiro. Reencontro a multa e o bilhete do bolo. Dinheiro, nada. Minha mãe entra pela minha orelha:

"Beto, leve sempre um dinheirinho no bolso, nunca se sabe o que pode acontecer."

"Tá, mãe", resposta mental financeira.

Seu Antônio está olhando com uma nota de cinco na mão. Estou começando a entender esse meu amigo. Não é mudo, fala com o coração. Pego a nota e sapeco um beijo na barba cerrada do anjo. Ai, que fome!

12h30
Saco cheio — tanque vazio

Será que minha mãe já voltou? Espero que não vá até a garagem. Será que fechei a porta da garagem? Nem sei se fechei a porta de casa. Será que fechei?

Será que a bateria estragou? Tenho de dar um jeito no arranhão no para-lama. Não, vou deixar assim mesmo. Quem vai saber que fui eu? Quase nem se nota. Tenho de estudar para a prova de Português. Será que vou conseguir a nota que preciso? De será em será, chego ao posto. Peço um saquinho de combustível.

Ah! Se eu pudesse voltar no tempo. Ainda que fosse meia hora. Olhava o marcador de combustível e não teria descarregado a bateria. Agora já estaria em casa, enxugando o carro. Não, primeiro ia ligar para a Bia. Tenho de resolver esse caso. É, estou apaixonado. O amor é lindo! E eu tive chance de declarar esse amor ontem. Mas não, o bacana aqui tinha de bancar o difícil. Idiota!

Pego o saquinho e volto, rápido. Sinto fome, penso em comida, a fome aumenta. Plantão mãe em edição extraordinária:

"Beto, a primeira refeição do dia é a mais importante. Saco vazio não para em pé!"

"Tá, mãe", resposta mental de saco cheio e barriga vazia.

Lembro do pão que ia comer no caminho. Chego no carro com água na boca. Seu Antônio continua lá, de plantão, sentado. Meu silencioso anjo da guarda. Parece que já nos entendemos só pelo olhar.

Ele põe o combustível no tanque, eu procuro o pão. Encontro, está ao lado daquilo que foi um bloco de zona azul. Parece um pedaço de sabão mastigado por dois camelos. Além de todo molhado, alguém sentou em cima. O bloco é mais apetitoso. Finjo que perdi a fome.

Carro abastecido. Santo Antônio já arrumou gente para empurrar — entre eles o motorista-professor e a moça da multa. Realmente, ainda tem gente legal neste mundo!

Empurra pra frente, empurra pra trás. Puxo o afogador, aperto o acelerador. O carro tosse, sacode, espirra, ameaça pegar e desiste. Meio-dia e vinte e o motorista começa outra aula:

— Entrou alguma sujeira no carburador, isso é comum quando o tanque fica vazio. A sujeira assenta e entra pelo cano.

Quem entrou pelo cano fui eu! Droga de vida. É o pior dia da minha vida! De matar!

A moça da zona azul me chama e passa um negócio friozinho no meu olho roxo. Dou um beijo no seu rosto gentil.

O motorista-professor cheira a tampa do tanque. Olha para mim de um jeito esquisito. Antes de começar a falar, prevejo nova catástrofe.

— Álcool! Este carro é a gasolina, rapaz.

Parece um juiz contrariado batendo o martelo e com pena do condenado.

Seu Antônio, quieto. Como eu gostaria que ele xingasse! Seu olhar fala mais do que todas as broncas que já levei. Tento explicar:

— É que eu nunca abasteci este carro, estava com pressa e...

Os dois olhando, com aquela cara. Desisto de explicar.

— Que que eu faço? — pergunto desesperado, torcendo para que o motorista não dê uma aula sobre álcool, cana-de-açúcar, octanagem, gasolina, seus derivados e todo o resto.

— Espere, vou buscar uma mangueira para tirar o álcool. Depois te levo até o posto. Mas que cabeça!

Seu Antônio me estende mais uma nota de cinco. Não fala lhufas, nem eu. O favor e o agradecimento estão ditos.

O motorista volta. Chupo o álcool do tanque. Vem um bocado na minha boca, cuspo. Gosto horrível! Disfarço a tontura. Meu estômago fica enjoado. Será a fome ou o álcool? Certamente os dois.

O motorista me enfia no seu carro e voltamos para o posto. Peço um saquinho de gasolina. O frentista pergunta:

— Ma-ma-mas não e-e-era álcool?

Explico para o gaguinho que havia me enganado. Voltamos, coloco a gasolina no tanque. Empurram o carro e... não acredito! Ele pega na primeira!

Agradeço mil vezes o motorista-professor. Dou um tchau pro seu Antônio e volto para o posto. O tempo passando... E eu também, passando raiva, fome etc.

13 horas
Um gago no meu caminho

O carro soluça um pouco, parece mais duro. Deve ter ficado um pouco de álcool no tanque. Chego no posto.

— O-o-outra vez?

Só me faltava essa. O frentista gago!

— Põe quatro reais, por favor.

— Tu-tu-tu-tudo isso?

Não falta mais nada. Gago e gozador. Decido não entrar na dele.

— Só isso. Desculpe, estou duro.

— E-e-e-eu também — gagueja enquanto abastece.

Estou saindo. Que dia! Não podia ser pior, podia? Pode. O frentista chama:

— Mo-mo-moço. Não que-que-quer olhar o pe-pe-pneu?

— Não, obrigado, estou com pressa.

— E-e-eu acho bom dar uma o-o-olhada.

— Por quê? — pergunto aflito.

— Po-po-porque o seu pe-pe-pneu está fu-fu...

Imaginei algumas possibilidades antes de ele concluir.

— Fu-fu-furado — disse com um assobio final.

Não, aí é demais! Pneu furado?! Desço. O pneu esquerdo traseiro parece meu pão: achatado, mole e murcho.

— Pode me ajudar, amigo? Por favor — falo em desespero total.

O frentista olha para mim com cara de pena. Mais um. Sem comer, imundo, olho roxo, pneu furado e tendo de enfrentar um gago. Realmente é de dar pena. Voz de pai na jogada:

"Beto, a terceira coisa a se examinar em um veículo, antes de uma viagem, é o estado dos pneus."

"Tá, paizinho querido. Acontece que eu não saí para viajar, fui só até a escola, a seis quarteirões de casa", resposta mental irônica.

Saco, saco, SACO! O cara de pena fala:

— O-O-O que fo-fo-foi que aco-aco-aconteceu no o-o-o-...

— Olho roxo — concluo. — Bati na porta, lá em casa — acrescento resignado.

— Po-po-poxa! Que di-di-direita te-te-tem essa porta he-hein? Finjo que não entendo. Ele continua:

— Pa-pa-pa-parece que vo-vo-você não está com mu-mu-muita sorte hoje. Nã-nã-não é?

Ah! Se ele soubesse o que já passei. E diz que não estou com muita sorte. Estou é com todo o azar do mundo. Não sobrou nada para ninguém.

Um menino magrinho se aproxima:

— Moço, tem uma moedinha? Ainda não comi nada hoje.

Já me arrependi do que disse. Procuro uma moeda. Acho a multa e o chaveiro de casa. Ué! Que chave é esta aqui? Parece com a chave do carro! Experimento. Não dá outra. É a cópia! E o idiota, trouxa, tapado, ficou um tempão tentando abrir o carro com um arame, o vidro aberto e a chave no bolso!

O menino continua me olhando, com cara de pena. Já me acostumei. Continuo a procurar a moeda. Concluo que moeda não combina com bolso de *jeans* e motorista sentado.

— Po-po-pode deixar.

O frentista abre uma sacola e dá um belo sanduíche para o menino. Ainda tem gente boa. Olho faminto para o pão. Ai, que fome!

— Vo-vo-você po-pode experimentar encher o pe-pe-pneu e esperar um pouco, po-po-pode ser que esteja só-só murcho.

O frentista gagueja enquanto olha o menino mastigar, feliz:

— Ma-ma-mas o melhor é po-po-po-pôr o estepe e levar o carro no bo-bo-...

— Borracheiro — concluo, superansioso.

— Não, no bo-bo-bombeiro. Lá ele apa-apa-apaga sua ma-ma-mania de terminar o que vou fa-fa-falar, enche o pneu de água. E tá-tá resolvido!

— Vai desculpar, não quis ofender.

— Tudo be-be-bem. Vo-vo-vou te a-aju-ajudar a trocar o pneu. É-é rapidinho.

O menino percebe meu olhar faminto e oferece um pedaço do sanduíche. Resisto bravamente. A fome aumenta. Ele fala de boca cheia:

— Moço, você levou um soco no olho, é?

Não respondo. Ah! Como gostaria de voltar no tempo. Ia fazer tudo direitinho. Olhava os pneus etc. etc. o resto tudo bem, eu dava um jeito. Menos o namoro com a Bia. Isso eu tenho de acertar.

Abro o capô do carro. Cadê o estepe? Adivinhem! É lógico que o estepe não está. Inacreditável... Sem estepe. Plantão pai:

"Beto, a quarta coisa a se verificar é o estepe."

"Tá, pai", resposta mental murcha.

Fico preocupado, já estou na quarta recomendação paterna. Desse jeito não chego em casa nunca.

E agora, como vou fazer? O frentista chega com o macaco. Não falo nada do estepe. Chega de pena!

— Olha, eu moro aqui pertinho, são só três quadras. Se eu encher o pneu, mesmo que ele esteja furado, dá para chegar, não dá?

— Bom aí nã-nã-não va-va-vai...

Não vai dar. Como vou fazer, meu Deus?

— ... ter problema — conclui o frentista.

Ufa, que alívio! Vou poder ir para casa. Começa a chover outra vez. Tudo bem. O frentista enche o pneu e recomenda:

— Va-va-vai logo, para dar tempo. Mas cu-cu-cu-cuidado que o pneu está ca-ca-careca.

Agradeço muito ao meu novo amigo. Saio com cuidado.

13h30
Um guarda na minha frente

A chuva aumentou. Tudo bem, aqui não entra água. Não cabe mais... Enquanto dirijo, o banco faz CHOP! CHOP! Meu traseiro está gelado. Não sei se tenho mais frio ou mais fome. O limpador de para-brisa não funciona.

Não podia ser pior. Podia? Pode. O carro da frente breca e eu também. O pneu careca desliza no asfalto molhado e pimba, bate. Lá vem meu pai, me ensinando:

"Beto, mantenha sempre distância do carro da frente, principalmente em dias de chuva."

"Tá, pai, tô sabendo", resposta mental antiga.

A atual seria:

"Paizinho, agora não adianta, já bati!"

Decido não sair do carro. A batida foi leve, o cara da frente deve estar com pressa, não vai querer sair nessa chuva. Vai se mandar. Passo a mão no vidro embaçado e descubro: a batida não foi tão leve, o cara não está com pressa. Acendeu o pisca-alerta. Isso quer dizer que vai descer. Tô ferrado!

Engraçado, o pisca do carro é enorme e fica em cima?! Como em carro de polícia. DE POLÍCIA?!! Não podia ser pior, podia? E eu pensando que era um ferrado simples, do tipo normal.

O guarda se aproxima, com uma capa transparente e um olhar opaco.

— Boa tarde — diz com uma gentileza fria, como o vizinho desconhecido no elevador.

— Bom dia, seu guarda — respondo respeitosamente, tento engrossar a voz. Sai um guincho: — Vai desculpar, seu guarda, derrapou.

— Seus documentos, por favor.

Ele quer os documentos. Estão aqui na cintura, atrás. Concluo que documentos, Brasília, calça *jeans* e motorista sentado não combinam. Saio do carro procurando os documentos. Percebo que sou bem mais alto que o guarda. Não faço a barba desde a semana passada. Pareço ter uns dezenove anos, dezoito, por baixo.

O guarda me olha firmemente. Leio seu pensamento: "É um rapaz de uns dezessete anos, no máximo".

Os documentos sumiram. Procuro por todo lado. Encontro a multa, escondo depressa. No outro bolso, o bilhete, aquele do

bolo. Na camisa, a maldita chave do carro. Comigo é assim: sempre encontro na hora o que precisei antes e depois o que preciso na hora. Os documentos? Nada! Perdi! Estou perdido.

Me dou conta que estou na frente da confeitaria do seu Teixeira, pai da Bia e do bolo. Depois eu cuido disso. O guarda esperando...

— Seu guarda, devo ter deixado cair ali na porta do colégio — digo implorando clemência.

Sou uma anta antológica! Colégio e mais de dezoito anos não combinam.

— O senhor tem carta de habilitação? — pergunta educadamente.

Resolvo não mentir, pelo menos não de todo:

— Não senhor. Mas eu moro perto, só levei o carro até o posto, para lavar.

Idiota, o carro está imundo e ninguém lava carro em dia de chuva. O guarda me olha sério.

— Vamos ter de ir para a delegacia.

Fala como se fosse a coisa mais natural do mundo. Para ele é, sua besta! Acha que os guardas levam as pessoas para onde? Igreja? Estou quase chorando.

— Preciso fazer o boletim de ocorrência, verificar de quem é o carro. Checar sua identidade e, se tudo estiver certo, intimar seu pai por permitir que dirija. Ele também será processado pela batida e terá de pagar os prejuízos...

E isso se estiver tudo certo?!

— Seu guarda, pelo amor de Deus!

Falo quase abraçando o homem. Ele torce o nariz e pede, desconfiado:

— Um momento. Pode fazer um "rhã"?

Fala, bafejando no meu nariz. O guarda até que tem bom hálito. Não entendo por que ele quer sentir o meu, mas vou logo avisando:

— Olha, seu guarda, vai desculpar, mas ainda não comi nada hoje. Devo estar com o hálito de um defunto.— Não tive coragem de dizer que não tinha escovado os dentes. Plantão mãe:

"Beto, a primeira coisa a se fazer ao acordar é escovar os dentes."

"Hoje não deu, mãe" , resposta mental malcheirosa.

Juntou uma galera. Pequena, por causa da chuva. No meio, seu Ferreira e a Bia. Quero morrer de vergonha e de catapora. O guarda repete: — O "rhã", por favor.

Faço o que pede. Ele faz uma careta, torcendo o nariz. Eu bem que avisei! Devo estar com cheiro de lapela de paletó de bêbado. Acertei sem saber. Ele diz, ainda com o nariz torcido:

— Puro álcool! Menor, sem documentos e dirigindo embriagado. Rapaz, você está condenado!

— Mas, seu guarda, eu não bebo!

Tento explicar o cheiro do álcool. Ele interrompe:

— E esse olho roxo? Andou brigando?

Não aguento mais. Felizmente seu Ferreira me socorre:

— Seu guarda, o menino é de boa família, mora aqui perto. É namorado de minha filha. O senhor sabe como são os jovens...

Bia interrompe.

— É conhecido sim, mas não é meu namorado.

Respondo no ato.

— Sou sim senhora. Só porque fui grosso com você hoje, acabou? Eu já pedi desculpas. E tem mais, gosto muito de você.

O guarda e seu Ferreira assistindo, sem entender nada.

— Não sou mais, não, e acabou. Você é um grosso e mal-agradecido.

— É, pode ser, mas eu não saio todo abraçadinho com outras meninas e te deixo plantada, olhando.

— Não saí abraçadinha com ninguém. Só aproveitei a carona no guarda-chuva de um colega.

O guarda e seu Ferreira continuam olhando, agora com as bocas abertas.

— E eu não namoro com gentinha que anda toda suja. A propósito, o que aconteceu com seu olho?

— Olha aqui...

— PAREM! — o guarda e seu Ferreira gritam juntos.

Bia se vira daquele jeito que só as mulheres sabem fazer e segue para a confeitaria.

— Bia! Bia! — chamo sem sucesso...

14 horas
Melô geral

A coisa está ficando feia. Não pode ser pior. Ah! Se eu pudesse voltar algumas horas atrás... Faria tudo direitinho. Nada de brigar com a Bia, pegar carro escondido, não estudar...Todo o resto o tempo resolve. Menos, é claro, o caso da Bia.

Meu Deus, me ajuda! O guarda e seu Ferreira continuam lá. Eles também parecem estar com pena de mim. O guarda fala:

— Liga para sua casa e pede para algum responsável vir aqui para levar o carro para a delegacia.

Algum responsável... Um maior de idade... É isso! Grande ideia. Afonso, o irmãozinho querido! Vou ter de implorar. Espero que ele atenda em vez de minha mãe. Está chamando. Torço para ouvir uma voz de homem. E ouço.

Não podia ser pior. Podia? Pode. É o alô do meu pai!

— Pai?! PAPAI?! O que está fazendo aí?

— Beto, caso não se lembre, eu moro aqui. Algo errado?

Ele deve ter percebido alguma coisa. Tento disfarçar:

— Não. Quer dizer, você não está no Rio?

— Estou, quem está falando é sua vó. Você sabe como ela imita bem a minha voz.

Algo me diz que ele não está de bom humor. Ele nunca fala desse jeito.

— O que eu quis dizer, pai, é que você deveria estar lá. Não é?

— É, mas não tinha teto. O aeroporto estava fechado por

causa da chuva. Estou saindo de novo para pegar a ponte aérea.

— Boa viagem, pai. O Afonso está?

— Acabou de chegar, está tomando banho. Mamãe está perguntando se você está vindo para casa. Deixou comida no forno, vai me levar...

Ouço-o falando com minha mãe e comigo ao mesmo tempo.

— Caramba, mulher, não quer vir falar você mesmo? Pareço boneco de ventríloquo! Beto, mamãe quer saber se pegou o bolo.

— Bolo? Que bolo?

— O bolo do aniversário do Afonso. Beto, você está no mundo da lua?

— Ah! O bolo, claro. Estou aqui na confeitaria. O bolo ainda não está pronto.

— Tá bom. Nós estamos de saída. Mamãe avisa que chega no fim da tarde. Mais alguma coisa?

Estranho a pergunta. Parece que os pais têm um sexto sentido. Quase digo que sim e acabo com tudo, mas já fui longe demais, respondo:

— Não, pai. Obrigado e boa viagem. Um beijo.

Seu Ferreira olha para mim com cara de reprovação e o bolo na mão. Ai, que fome!

Parou de chover. O guarda está examinando a lanterna quebrada.

— E aí? Cadê o responsável?

— O telefone estava ocupado, seu guarda. Ou quebrado, sabe como é, com essa chuva. Deixa eu ir até minha casa. Seu Ferreira sabe onde é. Volto num instante.

— Deixa o menino ir, eu me responsabilizo, seu guarda — ajuda seu Ferreira.

O guarda reluta e cede. Seu Ferreira me chama de lado e fala:

— Vai lá e conta a verdade. Senão conto eu.

— Deixa comigo, seu Ferreira, vai dar tudo certo.

Depois resolvo essa também. Uma a mais, uma a menos...

15 horas
I love Afonso

Enquanto corro para casa, vou pensando: se meus pais já saíram, procuro o Afonso, se não saíram, entro pelos fundos, se o Afonso estiver, se topar assumir a culpa, se eu conseguir arrumar o arranhão, se enxugar o carro direitinho, se recarregar a bateria e consertar o pneu a tempo, se conseguir dinheiro para tudo isso e se... Cheguei!

Começo a achar que há muitos "ses" no meu lindo plano. É! Só SE Deus ajudar...

O carro não está, meus pais já saíram. Primeiro "se" resolvido. Pinta um novo. Não trouxe a chave. Toco a campainha, torcendo para que Afonso esteja. Ninguém atende. Mantenho o dedo no botão e começo a achar que serve meu pai mesmo. Assim termina logo esse sofrimento. Já me vejo na cadeia, pensando na Bia.

Ah! Como a vida era boa! Por que fui me meter nessa? Se eu pudesse voltar no tempo. Bruta fome e muito frio dentro dessa roupa encharcada. Desisto da campainha. Levanto os olhos para o céu.

— O que eu faço? — falo alto, batendo a mão na testa.

— Pra começar, para de tocar a campainha feito um louco!

Levo o maior susto! Nunca pensei que pudesse ficar tão feliz em ver o meu querido irmão. Percebo que o sentimento não é recíproco. Ele não parece nem um pouco feliz em me ver. Mas que raio ele está fazendo com uma toalha na cintura e sabão na cabeça? Falo depressa, empurrando-o para dentro:

— Entra, preciso falar com você.

Ele me olha surpreso, não sei se com minha aparência ou com a minha afobação.

— O que aconteceu com seu olho? Aposto que levou uma porrada.

De repente ele arregala os olhos e aponta para meu pé:

— Meu tênis! Você acabou com meu tênis novo!

É engraçado, problemas menores são tão importantes para quem não tem problemas grandes... Eu todo encrencado, com um policial me esperando para me enforcar, isso se a Bia não me matar antes e meu pai depois, e o cara todo preocupado com um tênis?!

— Você quer me escutar? Estou na maior encrenca.

— Falou e disse. VOCÊ está na maior encrenca! Não quero nem saber o que é. Se manda, que eu vou acabar meu banho. E fique feliz de eu não te fechar o outro olho! Estragou meu tênis.

Tenho vontade de esganar. Não posso, preciso dele. Peço arrego:

— Por favor, Afonso, me escuta. Se você não me ajudar, hoje não tem festa. Um velório, pode ser.

— Se for o seu, vale a pena. Agora faça o favor de morrer longe de mim. E sem o meu tênis!

Começo a choramigar.

— Afonso, pelo menos ouça. Por favor.

— *No way*! Para com isso, Beto. Eu tenho um monte de coisas para fazer antes da festa. Me larga, senão antecipo sua morte.

Droga! Depois que aprendeu inglês ficou com essa mania de responder como gringo.

— Afonso, por favor, para com essa de "nouei" e me ajuda! Eu atropelei um guarda. Vou ser preso, isto é, papai vai. Estou embriagado ou pelo menos o homem acha...

Tá na cara que ele não está entendendo, mas pelo menos consegui que prestasse atenção.

Subimos para o banheiro. Faço um resumo da ópera. Ele fala:

— Nem que eu quisesse saberia o que fazer. Tem alguma ideia?

Ele pensou que eu ia falar não. Mas eu tenho e ele faz parte.

— Primeiro vamos comigo falar com o guarda. Você é adulto...

— *I'm out* — disse, traduzindo: — Estou fora. Você apronta e eu tenho de consertar? Negativo. E tira meu tênis!

Já estou ficando experiente. Percebo que ele está ficando com pena.

Ah! Se eu pudesse voltar no tempo. Juro que teria sido um irmão melhor. Não teria pegado o tênis dele, nem colocado cola no travesseiro. Engraçado, ele não falou nada disso! Será que não funcionou? Para com isso, anta, se concentra no problema.

— Ô Afonso, me ajuda, irmão! Vamos lá liberar o carro. O que papai vai dizer quando souber que você não fez nada?

Achei que tinha atingido o alvo. Errei feio.

— Beto, ele vai estar tão ocupado te esfolando, que nem vai lembrar de mim. *You are a dead man!*

Usei a tática errada. Burro, não é ameaçando que vou conseguir ajuda. Tento o golpe do herói.

— Tudo bem, Afonso, valeu. Vou lá ver como a coisa rola. Quando a mamãe chegar, por favor, fala para ela que posso demorar.

Parece que funcionou.

— *O.K., brother*. Eu vou com você. Mas é pelo pai.

— Pô, Afonso, obrigado.

Percebo o que sempre soube. Gosto muito do meu irmão. É claro que tem defeitos, como todas as pessoas. Gosta de me dedurar para os velhos e vive de gozação.

De passagem, passo a mão em uma coxa de frango. Quando vou dar a primeira e ansiosa mordida, ela cai, e o Afonso, meu cachorro, apanha-a no ar e corre para o quintal.

— Afonso, seu desgraçado, você vai ver quando eu voltar. Perco um tempão convencendo meu irmão de que não era com ele e que o nome do cachorro é Totó. Não sei se engoliu, mas ficou por isso mesmo.

Putz! Que fome!

Enquanto voltamos, me sinto um boi indo para o matadouro...

15h30
A conferência

O guarda está conversando com seu Ferreira. Para minha surpresa, o professor-motorista também está na confeitaria, comendo um sanduíche. Ele que é feliz, está comendo!

Afonso entrega a cópia dos documentos para o guarda. O motorista interrompe:

— Com licença. Aqui está o documento original. Acho que deixou cair no meu carro quando fomos buscar gasolina.

— Buscar gasolina? — estranha Afonso.

— É, ele colocou álcool no carro. Teve de chupar tudo de volta.

Seu Ferreira fala, aliviado:

— Então é por isso que está estourando o bafômetro. Bem que eu estranhei, nunca vi esse menino beber.

Ele realmente está querendo ajudar. Boa, sogrinho!

— Bom, das acusações de furto e de dirigir embriagado você está livre — diz o guarda.

Boa! Dois pepinos a menos. Ele continua:

— Mas ainda tenho de intimar seu pai por permitir que dirija. Você banca o irresponsável e o responsável é seu pai.

— Ele não é irresponsável, não — fala Bia saindo do fundo do balcão.

Fico todo orgulhoso. Meu amor me defendendo! Cada vez que a vejo dá um friozinho gostoso na minha barriga.

— É verdade, seu guarda. Pode escutar minha namorada.

— Já disse que não sou sua namorada.

— Ah é, é? Então por que está me defendendo?

— Não tô te defendendo coisa nenhuma. Estou apenas dizendo a verdade. Faria isso até por um cachorro sem dono.

Seu Ferreira, o guarda, o motorista, Afonso e alguns fregueses só olhando. Um monte de bocas abertas!

— Sou seu namorado, sim senhora. E não me compare com um cachorro. Além disso tenho dono, sim. É você!

Gosto do "é você". Foi um improviso sincero.

— Tem razão. Você não é um cachorro, eles não fazem grosserias!

— Ah é, é? Pois fique sabendo...

— PAREM!! — gritam juntas as quatro bocas, antes abertas.

Ela se vira, daquele jeito, e entra.

— Bia! Bia! — chamo.

Escuto meu pai:

"Beto, não tente entender as mulheres."

"É isso aí, paizão", resposta mental desconsolada.

O negócio está feio. Chamo meu irmão de lado.

— Afonso, pede para o guarda colocar a ocorrência em seu nome. Você é maior. Assim livra a minha, a de papai e não azeda o seu aniversário...

— Vá te catar, ô Beto. E vou ficar respondendo pela batida, pela multa, pela bateria e sei lá o que mais? Você está pedindo muito, cara.

Reconheço. Só fiz besteiras mesmo. Pô, afinal sou um homem... bem, quase. Puxa, gostaria de não causar aborrecimentos para os meus pais nem estragar a festa.

Ah! Se pudesse voltar no tempo. Só iria querer isso. Isso, e acertar com a Bia. Resolvo assumir.

— Tá legal, Afonso, desculpe todo esse trabalho e também pelo tênis. Deixa que eu encaro.

Meu irmão me olha firme. Já sei, está com pena outra vez.

— Tá legal, Beto, eu vou tentar, mas do meu jeito.

Eu amo esse cara! Antes que se arrependa, já vou falando:

— Seu guarda, que tal se eu pagar a lanterna e o senhor colocar que era meu irmão quem dirigia?

— O senhor está pedindo que eu faça um boletim falso? De jeito nenhum!

O homem ficou bravo. E eu, envergonhado.

— Fica quieto, Beto. Você só fala besteira. Vai para o carro que eu quero ter uma conversa com o guarda e os amigos aqui.

Pela primeira vez na vida obedeço a meu irmão. Espero que ele não acostume. Vou para o carro. Meu orgulho lá embaixo.

Essa idade é fogo! Te cobram como adulto, mas te tratam como criança. Acho que ser adolescente é estar no meio do caminho. Só que ainda não descobri qual. Será que a Bia também se sente assim?

Eles lá falando, falando e eu esperando. O que será que estão tramando? Por que eu não posso participar? Parece uma conferência. Falam, falam, às vezes olham para mim.

A moça do Exército da... quer dizer, da zona azul acaba de chegar. Só falta ela entrar na conversa. Não falta não, já entrou! Cacilda, que tanto eles falam? Para completar o time só falta seu Antônio. Também, do jeito que fala, não ia mudar muito.

Finalmente meu irmão me chama. O que será que vem pela frente?

Ah! Se eu pudesse voltar no tempo. . .

16 horas
A virada

Todos olhando para mim. Parece um tribunal. Qual será a sentença? Com a sorte que ando vai dar morte por enforcamento, seguida de fuzilamento. Entre as duas, cadeira elétrica.

— Beto, preste atenção no que o guarda Belo vai dizer — diz Afonso.

Guarda Belo? É demais. Eles já são íntimos!

— Olha, rapaz, nós conversamos e me convenceram a não fazer a ocorrência, uma vez que os maiores punidos seriam seus pais. Afinal, o único erro do seu pai foi deixar a chave do carro junto de um irresponsável...

A ficha caiu! Não vai fazer ocorrência? Que maravilha! Quer dizer que estou salvo! Interrompo o guarda, eufórico:

— Muito obrigado, guarda Belo. O senhor é muito legal!

Engulo o irresponsável sem chiar. A coisa está boa demais.

— A moça da zona azul também vai ajudar. Cancelou a multa.

Beleza! Não vou perder as mesadas, nem dar plantão no carteiro. É o segundo beijo que dou na moça. Ela sorri e diz:

— Espero que faça por merecer.

Não entendo o que quer dizer com isso, mas tudo bem. Está ótimo!

— Que negócio é esse de beijar a moça? — Bia fala toda nervosinha.

Que legal! Então ela gosta mesmo de mim.

— Eu estava só agradecendo. Não precisa ficar com ciúmes.

— Não estou com ciúmes coisa nenhuma, aqui é uma confeitaria e não lugar de beijinhos.

— Você está com...

— PAREM!!! — um coral desafinado entra no meu ouvido.

— Bia! Bia! — chamo.

Lá se foi, daquele jeito. Droga! Eu com a maior chance de consertar e estrago tudo.

Sou um enxame de bestas! Não, isso é de abelhas! Sei lá como se fala um monte de bestas, mas é isso que sou!

— Preste atenção — diz meu irmão. — Você e a Bia vão enxugar o carro. Nós resolvemos o resto. E veja se não faz mais besteiras.

Antes que eu consiga perguntar o que ele quer dizer com aquilo, Bia interfere:

— Eu é que não vou ajudar esse beijoqueiro, que nem é meu namorado.

— Vai sim, já estava combinado — diz seu Ferreira.

— Não vou não, pai. Mudei de opinião.

— É minha namorada sim senhora, mas pode deixar, eu mesmo enxugo.

Disse e me arrependi. Ah! Se eu pudesse voltar no tempo. Se ficássemos juntos, eu poderia acertar as coisas com ela...

— Bia, bem que você podia ajudar. Senão não vai dar tempo — pede meu irmão.

— Bom, por você eu ajudo. Mas só por sua causa.

O olhar do pessoal tem uma mensagem clara: "Não abra essa matraca". Fico quietinho. Olho para uma torta da vitrine. Sinto tontura de tanta fome, mas não tenho coragem de falar.

— Bom, eu vou arrumar a bateria — diz o motorista.

— Obrigado, seu Sófocles — fala meu irmão.

Sófocles? O motorista-professor tinha de ter nome de filósofo.

— Espero que você mereça — diz seu Sófocles, me olhando com cara de dúvida.

Agradeço depressa, sem entender por que essa de merecer.

— Eu vou comprar a lanterna do carro — diz Afonso. — E você vai pagar tudinho, viu, seu Beto?

Fazer o quê? Tá bom demais. Ainda tem gente boa neste mundo, incluindo meu querido irmão. Decidido, vou mudar o nome do cachorro. Vai passar de Afonso para... Afonsinho.

Para ficar tudo perfeito só falta eu me acertar com a Bia. Minha querida e geniosa Bia...

16h30
Operação rescaldo

Seu Sófocles está colocando a bateria. Eu e a Bia enxugando o carro. Precisamos ser rápidos. Tenho de chegar em casa antes da minha mãe. Bia dá o alarme:

— Ih! O pneu está murcho!

Seu Sófocles olha para mim desconsolado. Estou tomando coragem para dizer que não tem estepe, quando um carro velho para ao lado e uma cabeça conhecida sai da janela. O dono da cabeça fala:

— E-e-e-eu avisei q-q-que tinha que levar no-no bo-bo-bo-...

Eu quieto, surpreso com a chegada do frentista camarada. Seu Sófocles não aguenta e fala:

— Borracheiro.

— Nã-nã-não, no boli-boliche. Lá você põ-põ-põe umas bolas no lu-lu-lugar dos pneus e sai rolando.

Seu Sófocles ia responder, mas eu falei primeiro, para evitar mais confusão.

— Pode deixar, seu Sófocles. É um amigo, está brincando. Sinto que ele gostou do tratamento e prova que é merecedor.

— De-de-deixa que eu le-le-levo o pneu para co-co-consertar. Estou indo para lá me-me-mesmo.

Saltou do carro e tirou o pneu. Mais uma dívida que prometo pagar.

Terminamos de enxugar o carro. Maior trabalheira. Bateria e pneu no lugar. Seu Ferreira disfarça o arranhão. Afonso troca o plástico da lanterna.

Quatro e meia. Vai dar tempo. Tudo em cima. Isto é, quase tudo, não deu para conversar com a Bia. Toda hora pinta alguém. Ela de cara amarrada. Não estou gostando.

O BMV está uma beleza. Afonso me surpreende mais uma vez:

— A comemoração será lá em casa, na festa. Estão todos convidados. Às oito horas, falou?

Essa não! O cara convidou todos aqueles coroas para a festa! Justo ele que não deixa nem nossos pais ficarem na sala! Melhor ficar quieto. A festa é dele e, pensando bem, vai ser legal estar com toda essa gente boa.

Espera um pouco, falta um.

— Afonso, posso convidar seu Antônio, o bedel?

— Claro, Beto, lá de casa você liga.

Beleza. Esse cara é legal mesmo. Eu sempre achei. E, afinal, que irmãos não brigam de vez em quando? Pensando bem, será que o Afonso está aprontando alguma? Todo mundo lá e o sacana conta a história toda, com testemunha e tudo? Não, ele não vai fazer isso comigo. Ou vai? Se fizer, eu acrescento o sobrenome dele no cachorro e ainda escrevo na coleira.

Já estamos de saída quando a Bia fala:

— Afonso, deixa te dar os parabéns agora. Eu não vou à festa.

— Como não vai? — diz seu Ferreira. — É aniversário do Afonso, seu amigo, irmão do seu namorado.

— Namorado coisa nenhuma! Eu me mato enxugando essa lata velha e ele nem um muito obrigado.

— Ah é, é? Não foi você quem disse que ia fazer isso pelo Afonso? — respondo enfezado.

— Falei mesmo! Você não merece a menor consideração.

— Ah é, é? Pois você que se atreva a faltar na festa. Eu venho te buscar na marra.

— Pois pode ficar. . .

— PAREM!!! — gritam quase todos juntos. Um ainda está no PA-PA-PA-. . .

— Bia! Bia! — chamo...

17h30
Lar doce lar

Torço para minha mãe não ter chegado. Preciso descolar um rango. Como vou explicar minha fome tendo "almoçado" tão tarde? Se eu me empanturrar antes da festa, minha mãe vai sacar. Que fome!

Minha mãe já chegou, o carro está na garagem. Afonso estaciona ao lado. Entro e encontro minha mãe em cima de uma escadinha, arrumando o armário.

— Oi, mãe, tudo bem?

— Oi, Beto! Tudo bem? Como foi na prova?

— Mais ou menos. Talvez dê.

A prova. Aquela que era a minha maior preocupação ao me levantar e eu nem me lembrava mais dela. Foi o de menos nesse dia de matar.

— Como foi o dia?

Estranho a insistência.

— Bem. Fui com o Afonso até a confeitaria buscar o bolo — menti e não gostei.

Ela não ia acreditar. Eu e Afonso, juntos?! Ele nunca me leva a lugar nenhum. Ela faz uma pergunta simples e a besta aqui querendo explicar tudinho.

Ela parece diferente, ou sou eu que estou me sentindo culpado?

Meus pais vivem falando: "Afonso, Beto, nós sempre vamos amar vocês e os apoiar mesmo se fizerem alguma coisa errada. Mas, por favor, não mintam para nós. Ah! e não fumem, que isso é uma droga. E por falar em droga, nada dessa besteira, e cuidado com as más companhias..." e blá-blá-blá... Como os pais são repetitivos!

Afonso chama essas sessões de falação de "conselhos de família". Uma vez disse brincando:

— Pai, se eu conseguir seguir todos os seus conselhos, serei um santo e nunca vou precisar de ajuda.

— Ótimo, Santo Afonso. Mas enquanto não tiver feito nenhum milagre, vai ter de continuar escutando — respondeu meu pai.

O coroa sempre tem a resposta.

Minha mãe desce do banquinho, me examina e diz, cortando meu pensamento:

— Beto, você comeu bem? Está abatido. Por que trocou de roupa e está com o tênis de seu irmão todo sujo? Ele sabe que você pegou? Onde arrumou esse olho roxo?

Parece uma fabriquinha de fazer perguntas. E percebe tudo!

Dou um monte de explicações forçadas.

Minha mãe parece decepcionada ou será impressão?

— Está bom, meu filho. Me ajuda com estas coisas aqui.

Dou uma mão para ela e aproveito para assaltar a geladeira. Vou para o quarto. Um pedaço de galinha gelada, só osso: uma delícia! Um tomate cru e uma cenoura: duas delícias! Nada como uma boa fome para abrir o apetite!

Tomei um banho e dormi com fome e tudo. Bem no meio de um belo virado à paulista, sou acordado por delicados safanões do Afonso.

— Beto, Beto. Acorda, cara! O pessoal já está começando a chegar.

Pessoal? Chegar? Que sono!

Ah! A festa. COMIDA! Beleza. E vai ter também a Bia...espero.

20 horas
A festa

Tomo outro banho e me arrumo, no capricho. Calça nova, camisa combinando, gel no cabelo e, para variar, o perfume do Afonso. Não tenho coragem de colocar meu tênis novo. O Afonso me mata! Disfarço o olho com umas melecas da minha mãe. Ficou mais ou menos. Desço.

Chegaram poucas pessoas, amigos do meu irmão. Minha mãe, atarefada, anda para todos os lados. Os conhecidos perguntam do olho. Resolvo assumir, mas dou uma fantasiada, para não ficar mal.

— Briguei. Você precisa ver como ficou o outro.

Espero que o outro não seja amigo do Afonso e não apareça na festa. Se vier, verão como o cara ficou: inteirinho!

Procuro a Bia. Seu Ferreira conversa com o guarda Belo. Cumprimento e pergunto:

— E a Bia, seu Ferreira?

— Acho que virá mais tarde, Beto, com a mãe.

Não gostei do acho. Cruzo com minha mãe. Ela continua a olhar daquele jeito. Será impressão?

— Mãe, e o pai?

— Ele vai chegar tarde, lá pelas nove, dez horas. Depende do avião. Você quer dizer alguma coisa para ele? Pode dizer para mim.

Dizer, mas o que eu teria para dizer? Que coisa!

— Não, mãe. Perguntei só para saber.

Ela me olha bem e vai atender a campainha. Meu coração bate rápido e a barriga fica fria. Deve ser a Bia! Não é. É o Pedro. Se esse cara se meter com a Bia, vai ter.

Vou para a cozinha, preciso comer alguma coisa. Minha mãe entra.

— Não senhor, nada de ficar beliscando e desarrumando os pratos. Você parece um saco sem fundo! Já comeu demais hoje.

Comeu demais? Ela mal sabe que por esse saco sem fundo não passa nada desde ontem. Minha cabeça dói e a comida ali. É mole?

Minha mãe sai. Enfio dois croquetes na boca. AAAAAh! Quente pra caramba! Cuspo tudo na pia. Minha mãe volta. Finjo que estou lavando uns copos.

— Não pega esses bolinhos, estão pelando.

Tarde demais! Ah! Se eu pudesse voltar no tempo! A boca dói pra burro, queimou de verdade. Saem lágrimas dos meus olhos. Boto o Afonso cachorro no quintal. Tá gordo que dá gosto, o traidor, ladrão de galinha.

Toca a campainha. Lá vou eu, gelado na barriga e queimado na boca. Agora é ela. Preparo o melhor sorriso, acerto o cabelo e abro a porta.

— Bo-bo-bo-boa noite. Tu-tu-tudo bem?

Não preciso dizer quem chegou. Levo-o para junto do seu Ferreira.

O pessoal bebendo cerveja e eu no refri. Dessa vez o plantão pai funcionou:

"Beto, nunca beba álcool de barriga vazia, aliás, é melhor que não beba, mesmo com a barriga cheia."

"Falou, paizão", resposta mental sóbria. Barriga cheia, quem me dera!

A campainha outra vez. Chegam várias pessoas ao mesmo tempo. Entre elas a moça do Exérci... não, do talão de zona azul. Vou recebê-la, é uma das boas pessoas que ainda há no mundo.

Conversamos um pouco, fico sabendo que seu nome é Beatriz, o mesmo do meu amor. Passo a gostar ainda mais dela.

E a Bia que não chega! Circulo pela sala. Pô, quando é que vou comer? Meu irmão passa, finjo que estou ajudando. Encosto em uns conhecidos. Pela conversa, estão apostando alguma coisa.

— Aposto o que quiser. Digo mais, eu corto. No duro que eu corto o meu, se o cara se apresentar. Juro!

Quando chego mais perto, parecem mudar de assunto. Estranho.

— O que é que vocês estão apostando? — pergunto curioso.

— Apostando?.. Que apostando, meu? Estamos falando do jogo de vôlei.

— É, ele estava dizendo que se eu levantar direito, ele corta firme. Entendeu? Eu sou o levantador, ele o cortador.

Que história mais louca. Acho que esses caras estão me enrolando. Pensando bem, até pode ser verdade.

A campainha outra vez. Peço licença e vou atender, rapidinho. Mal saio de perto, escuto os caras rindo. Aí tem coisa! Esquece isso e se concentra na Bia. Armo o sorriso apaixonado, sem dificuldade, e abro a porta. Ainda não é dessa vez. Também não preciso apresentar quem está chegando. Tem a barba cerrada e não fala nada... mas presta uma atenção!

Abraço seu Antônio com carinho e o acompanho até o grupo dos coroas. Ele vai tornar a conversa bem mais animada. Vai ficar rouco, de tanto ouvir!

20h30
Bia arrasa

Quase todas as pessoas já chegaram. De importantes, faltam meu pai e Bia. Cada vez que toca a campainha, disputo com o Pedro quem atende primeiro. O desgraçado sempre tenta chegar na minha frente. Ele que experimente paquerar a Bia. Saio no pau.

Meu irmão dá o sinal esperado:

— Olha o rango, pessoal!

Carrega uma travessa enorme, seguido pela minha mãe com mais duas. Ela manda eu ir buscar outras. Beleza! Finalmente vou comer.

Coloco a bandeja na mesa, salivando que nem cachorro magro, e imediatamente enfio um enorme pedaço de torta na boca. Ai, que fome!

A campainha toca. Corro. Desta vez tem de ser. E é. É ela! Está linda. Mais, está deslumbrante! Ouço música sem saber de onde vem. Seus olhos estão mais azuis, seu cabelo mais brilhante, sua pele mais sedosa.

Ela está sorrindo. Meu coração a mil. Quero falar tudo que ensaiei. Queria! Como que um imbecil pode falar com meia torta de palmito na boca? Tento:

— Ggoi, pommo que boche bbai? Bochhe eshtgá linba!

Voa torta para todo lado. Acerto o lindo vestido da Bia e o decote da sua gorda mãe. Tento limpar. Melhor não tivesse tentado. Ponho a mão onde não devia. Plantão mãe urgente:

"Beto, nunca fale de boca cheia."

"Thhhá, bãe", resposta engasgada.

Tento engolir, não passa, mas o Pedro passa. Passa na minha frente e recebe a Bia. A mãe continua me olhando fascinada. Não sei se é por causa do meu olho retocado, da bochecha cheia, da cara vermelha de vergonha ou da mão indiscreta... Pode escolher à vontade...

Ah! Se eu pudesse fazer o tempo voltar. Cinco minutos, até menos, e eu não estaria com essa estúpida boca cheia. Droga, não podia ser pior.

Vou para a cozinha, engasgado. Cuspo a torta no lixo. Nunca vi um faminto jogar tanta comida fora. Tomo meio litro de refri. Meu estômago parece uma caixa-d'água. Ando, faz chomp! chomp!... Tusso, a cabeça dói. Que droga! Que raiva! De mim, do imbecil do Pedro, do mundo. Alguém bate nas minhas costas, dizendo:

— Re-re-re-respira fun-fun-fundo, que pa-pa-pa-pa-...

— Para — completo com dificuldade.

— Passa — corrige meu gago amigo.

De repente me dou conta que nem sei o nome daquele cara legal. Que figura! Pergunto seu nome.

— Me-me-meu no-no-nome é Jo-Jo-Josefino. Mas o pe-pe-pe-pessoal me-me chama de-de-de Jô. Eu pre-pre-prefiro.

Consigo imaginar por quê. Tomo uma cerveja com o amigo Jô e volto para a sala.

Cadê a Bia? Anda pela sala, distribuindo sorrisos. Anda não, desliza, flutua. Como um anjo. É a mais linda de todas. Dá de dez a zero!

Tem um monte de gavião em volta, sem contar o urubu do Pedro. Tenho de atacar. Ela é minha. Minha namorada.

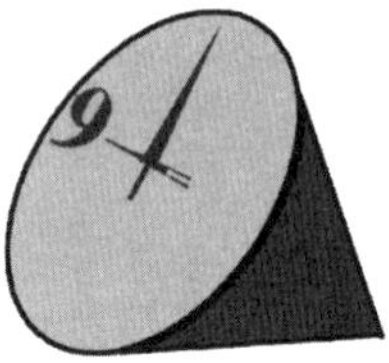

21 horas
Entro na dança

Continuo tentando me aproximar da Bia. Mas toda hora minha mãe ou Afonso pedem alguma coisa. É um tal de buscar isso e levar aquilo que não tem fim. Entre uma coisa e outra, não comi nada. Minha cabeça dói quase tanto quanto meu coração. Bia é o centro das atenções.

Afonso começa a empurrar os móveis. Vai sair um bailinho. É minha chance.

Antes do primeiro acorde, já estou do lado da Bia. Peço que dance comigo. Abraço-a e começamos a girar. Que maravilha! A girar. Estou nas nuvens. Seu perfume me envolve, como se entrando pelas narinas fosse direto ao meu coração, deixando-o mais leve. Ela quieta, e eu... com medo de falar. Finalmente tomo coragem:

— Bia, desculpe. Você sabe, sou meio genioso, mas eu estou

arrependido e gosto muito de você. Mais do que pensava. E muito mais do que você imagina.

— Tudo bem, Beto.Eu também sou meio geniosa e também gosto de você há muito tempo.

Fala tranquila, com uma voz doce, suave, quase mansa.

— Olha, não vai ficar brava não, mas você tem um temperamento de lascar.

Falo e me arrependo. Mãe de plantão na jogada:

"Beto, não cutuque onça com vara curta."

Fico na expectativa, com medo da resposta.

— Eu sei. Estou tentando melhorar. Ambos somos geniosos. Mas o que não posso suportar é falta de caráter.

Respiro aliviado. Ela está uma luva!

— Olha, também vou fazer força para melhorar. Às vezes não consigo me controlar. Mas o que você quer dizer com esse tal de caráter?

— Olha, do jeito que eu vejo é assim: temperamento é como a pintura da casa. Pode ser feia, estar mal-acabada ou ter uma cor de que não se gosta, mas dá para se mudar ou mesmo se conviver. O caráter é a estrutura da casa, seus alicerces. A casa pode ter a pintura feia, mas, se tem bons alicerces, dura para sempre.

Não estou entendendo direito aonde ela quer chegar, mas o que diz tem sentido. Eu estava a fim de um papo romântico e, para mantê-la em meus braços, sou capaz até de conversar sobre logaritmos. Ela continua:

— Caráter é honestidade, lealdade, cumprir com o que se fala, dizer a verdade. Coisas assim.

— Entendo. Uma pessoa pode ter bom caráter e pode ser meio briguenta, assim como nós. Certo?

— Isso mesmo, Beto, e por falar nisso você...

Minha mãe interrompe, bem na hora que eu senti que a Bia ia falar algo importante.

— Beto, desculpe atrapalhar, papai chegou. Dá para você ajudar a retirar umas coisas do táxi?

O que fazer? Tenho de ajudar.

— Bia, me espera, por favor.

O que eu quero realmente dizer é para ela não dançar com mais ninguém, especialmente com o Pedro.

Olho em volta e vejo o urubu dançando com a Regina. Minha ex com ele e eu com a ex dele. Rezo para que a troca permaneça. Ganho disparado! Tenho de ajudar meu pai...

21h30
Meu pai: o pai

Vou até o táxi. Meu pai já descarregou um bocado de coisas. Parece cansado, mas está animado.

— Tudo bem, pai? Como foram as coisas?

Ele me dá um beijo carinhoso. Eu retribuo.

— Tudo bem, Beto. As coisas foram muito bem. Consegui fechar bons negócios. Leva o presente do Afonso lá para o quarto que é surpresa. E com você, tudo certo?

— Tudo em riba, pai.

Não me sinto bem mentindo. Pego o presente enquanto ele paga o motorista. Olho bem. É ele mesmo!

— Seu Sófocles! Que prazer em vê-lo. Esse é meu pai.

— Ué, vocês se conhecem? — pergunta meu pai.

— É, seu Sófocles é um amigão, faz ponto lá perto da escola.

Fico com medo de o homem deixar escapar alguma coisa. Ele firme, sorrindo gentilmente.

— O senhor quer entrar e tomar uma cervejinha? — diz papai.

Explico rápido:

— O Afonso também o conhece. Ele também foi convidado para a festa.

Meu pai insiste, educado, mas sem entender direito.

— Vamos lá, meu amigo, uma cervejinha vai bem.

Seu Sófocles fica um pouco em dúvida. Eu ajudo:

— Entra, por favor. O seu Antônio, o guarda Belo e o Jô, aquele do bo-bo-boliche, já chegaram.

Seu Sófocles acaba concordando.

Meu pai me olha esquisito. Deve estar se perguntando o que está acontecendo. Quero só ver a sua cara ao encontrar o restante da fauna.

— Pai, eu levo seu Sófocles até a sala e já subo. Vê se descansa um pouco.

Acompanho seu Sófocles. Vamos conversando:

— Que coincidência, hein? Gostei muito do seu pai. Ele veio o caminho todo falando dos filhos. Ele está sabendo o que aconteceu? Você contou para a sua mãe?

— Eu não, e espero que ninguém conte — disse, passando um recado. — Não quero aborrecer o velho.

— Teu pai não é velho não.

— Não, claro que não, é só jeito de falar.

— Pois se meu filho me tratasse assim ou mentisse para mim, entrava na cinta.

— Ô, seu Sófocles, eu já sou homem... ou quase. E meu pai nunca me bateu, nem quando eu era pequeno. Aqui em casa é só no diálogo.

— Não acho certo você ficar com mentiras, só isso. E lá em casa também somos do diálogo. Às vezes uma bela cintada é um ótimo argumento.

Felizmente chegamos junto ao grupo especial e ele para de falar. Enquanto se cumprimentam, me mando para o quarto do meu pai.

22 horas
A revelação

— Pai! Onde você está?

— Aqui, no banho.

— Coloquei o presente do Afonso em cima da cama, tá?

— Tá bom, tem um aí para você também. É essa caixa menor, azul.

— Pô, pai, obrigado, não precisava, não é meu aniversário nem nada.

— Tudo bem, deu vontade. Veja se gosta.

Começo a desembrulhar o pacote. Mas não me sinto contente. Meu pai me dando presente e eu escondendo tudo.

De repente veio um monte de coisas na minha cabeça. Continuo a abrir o pacote, lembrando: "Não minta...", "Caráter é honestidade". Penso no olhar de censura do seu Antônio, no sermão do seu Sófocles, do seu Ferreira, na Beatriz do talão, no esforço do Afonso. Me sinto triste, arrependido.

Acabo de abrir o pacote. É um tênis de marca! Justo o tênis que eu queria!

Meu pai sai do banho enxugando a cabeça e pergunta animado:

— Gostou, Beto?

Respondo quase chorando, mas decidido:

— Adorei, pai, gostei muito, mas eu não mereço.

De repente, desembucho tudo. Conto sem me desculpar ou pedir. Apenas conto. Meu pai ouve sem demonstrar o que sente, não parece bravo ou nervoso, fica sério. A cada passagem que conto fala um "sei". Termino e me sinto aliviado. Ele quieto, eu esperando a explosão. Todos dizem que puxei o temperamento dele. Finalmente, diz:

— Quer dizer que seu irmão está sabendo tudo e eu e sua mãe não sabemos nada? E foi com ele que você foi buscar ajuda?!

— Foi, pai, mas ele não tem culpa. Ele não queria aborrecer vocês. Só me ajudou por causa disso, vocês não estavam e eu implorei...

Nunca pensei que um dia fosse defender o Afonso. Fico com medo de estragar a festa. Mas também sinto um pouco de orgulho. Parece que entendi o tal do caráter. Acho que afinal estou ficando um homem de verdade... ou quase.

— Beto, chama seu irmão, por favor.

— Ô, pai, deixa para amanhã, tem uma festa lá...

— Chama teu irmão, Beto, por favor.

A primeira fala foi firme, seca, como quem diz "não discuta". A segunda foi mansa, quase um pedido.

Saio aborrecido. Encontro a Bia, sentada como se à minha espera. Minha doce Bia. Ela percebe minha aflição.

— Por favor, Bia, pede para o Afonso subir, rápido.

Ela não discute. Volto, meu pai está trocado, sério, sentado na cama. Afonso entra, sorridente.

— Oi, pai, não sabia que tinha chegado. Tudo bem? Vem, vamos descer. Tá na hora do parabéns para o bacana aqui.

— Oi, filho, parabéns outra vez. Antes de descermos, preciso ter uma conversinha rápida com você.

— Pode falar, pai.

Afonso olha para mim com cara de quem pede uma dica.

— Você está sabendo dessa história do Beto com o carro?

— Estou, pai, deixa explicar...

— Espera um pouco, primeiro quero entender umas coisas. Para começo de conversa, eu estou sabendo desde a hora do almoço que o Beto pegou o carro.

— Como? — perguntamos juntos, surpresos.

— O Rodolfo, o diretor, ligou. Queria contar que o Beto passou. Tirou seis e meio na prova...

— Seis e meio, passei! PASSEI!

Meu pai cortou minha euforia com um olhar e continuou.

— Por acaso eu atendi. Ele comentou que viu você com algum problema com o carro...

— Dedo-duro!

— Beto, não interrompa! Ele nem sabe que eu não quero que você pegue o carro. Apenas perguntou se o problema estava resolvido.

— Quer dizer então que quando eu liguei você já sabia?

— Já.

— E por que não falou nada?

— Porque eu esperava que você fosse me contar. Quando você não falou nada, resolvi dar um tempo. Também pensei no Afonso e na festa. Bom, agora quero entender a participação do Afonso.

— Bom, pai, ele chegou e me contou uma história maluca. Ou eu ficava de fora ou ajudava. Decidi ajudar.

Olhou para mim e continou:

— Eu também achava que ele ia acabar contando tudo. Conveci o guarda disso, com a ajuda de seu Ferreira. Combinamos que, se ele não confessasse tudo até amanhã, eu mesmo contaria.

— E quando foi que combinaram tudo isso? — perguntei.

— Foi quando te mandei para o carro. Liguei para casa para contar para o papai. Mas ele já tinha saído, falei para a mamãe.

— Quer dizer que ela também sabe de tudo? — perguntamos, papai e eu.

— Sabe e concordou em dar um tempo. Ela também confiou que você acabaria contando.

— Então foi por isso que ela estava me sondando tanto... E a Bia, também sabe?

— Não, não falamos para ela com receio de que ela te falasse e você, sem saída, acabasse contando só para livrar a barra. Aí não teria mérito.

— Agiu bem, Afonso. Gostei de ver. Desculpe, cheguei a pensar que para ajudar seu irmão tivesse mentido para mim.

— Pô, quer dizer que praticamente todo mundo está sabendo? — falei.

— Eu só falei para a Beta — disse Afonso.

— Você só falou para a Beta, sua namorada, ela contou para o irmão, que falou para um amigo. Seu Ferreira para a esposa.. O Jô gaguejou para outros três e assim por diante... É por isso que o pessoal estava apostando. Alguns acreditando que eu ia falar, outros não. Pareço cavalo de corrida!

— É, e um cavalo perdedor, cara. Eu e muitos outros apostando em você. Essa não!

Eu ia retrucar, mas meu pai disse:

— Ele não perdeu não, Afonso. Me contou tudo, há pouco.

— Ué, mas você não dise que foi seu Rodolfo?

— Disse, mas quando seu irmão me contou ele não sabia disso.

Afonso olhou para mim todo alegre. Me abraçou firme dizendo:

— Valeu, irmão, você é demais!

Meu pai se juntou no abraço, nos envolvendo, enquanto eu dizia, chorando:

— Não, vocês é que são demais!

Eu senti, mais do que nunca, o que é ter uma família de verdade.

— Bom, chega de choradeira. Vamos descer que tem um aniversário acontecendo lá embaixo — disse papai.

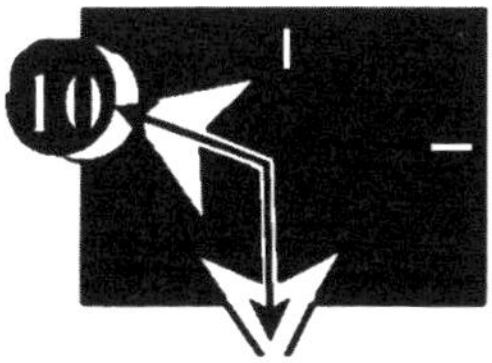

22h30
É o fim!

Que dia! Aprendi um bocado. Não estava preocupado com as mesadas que ia perder nem com as gozações. Descobri amigos leais, verdadeiros. Descobri que gostava muito do meu irmão e que amava a Bia.

Meus pensamentos se foram quando chegamos ao pé da escada. Estava o maior silêncio. Todo mundo olhando, esperando... Maior expectativa...

Perceberam que tudo estava numa boa. Alguém gritou:

— Ele contou! Ele contou!

Todos gritaram. Aplausos, abraços, a maior folia. Jô, ainda no co-co-co do "ele contou", goza seu Sófocles. Ele tinha apostado em mim! Minha mãe me abraça, dizendo alto, colocando ordem:

— Espera aí, pessoal, a festa é do Afonso. Vamos apagar as velinhas.

O bolo! Esqueci o bolo. Minha aflição dura pouco. Seu Ferreira entra com o bolo aceso. Começam a cantar.

Bia se aproxima e segura minha mão. Que gostoso!

"Parabéns a você, nesta data querida..."

Esta data. Nunca vou esquecer esta data, querida. Um maravilhoso dia de matar...

“Muitas felicidades, muitos anos de vida!”

Desejo isso, de coração, para todos. Seu Antônio mexe a boca, finge que canta. Seu Sófocles canta grosso, fazendo coro com a Beatriz, do talão. O Jô canta sem gaguejar, que legal! Meus pais estão abraçados a Afonso, sorridentes.

Parabéns, beijos e abraços e Afonso começa a abrir os presentes. Desamarra o pacote grande, pesado, que meu pai trouxe. Um computador! Um de última geração, com tudo o que tem direito. Ah! Se ele não me deixar usar, vai ter pau. Para com isso! Você e esse seu gênio, já começa a brigar por antecipação!

Afonso pula de alegria. Eu também!

Agora chegou minha vez. Estendo meu presente. Afonso me olha desconfiado, eu nunca havia dado um presente para ele. Começa a abrir devagar, com cuidado. Percebo que se prepara para uma bomba, uma aranha ou algo semelhante. Boas ideias para o próximo aniversário!

Abre a caixa e levanta o tênis. Nos abraçamos forte.

Engraçado, sinto uma grande alegria em dar o tênis que acabei de ganhar e pelo qual esperava há tanto tempo. Bom, quem sabe ele me deixa dar umas voltinhas. Meu pai me olha, com o polegar levantado. Minha mãe chora. Tudo beleza!

Agora, o mais importante: Bia.

Nos aproximamos, olho no olho, nariz encostando no nariz. A música é baixinha, suave. Ela diz:

— Estou orgulhosa de você, me contaram tudo.

— Não, amor, eu não fiz nada. Foram vocês.

Ela se encosta no meu peito. Convido:

— Vamos para a varanda?

Ela concorda com um movimento de cabeça e um olhar cheio de promessas. Pergunto:

— Posso pedir uma coisa?

— O que quiser, amor.

— Posso levar uma torta para comer lá fora?

— O quê? Afinal, vamos namorar ou fazer piquenique?

— É que estou com uma fome do cão. Ainda não...

— Seu Alberto, vai ser romântico assim lá no mato!

— Ah é, é? Pois fique...

PAREMMMMMMMMMM!!!! !

Natalino Ferraz Martins é casado com a psicoterapeuta Geny e pai da publicitária Adriana.

Desde sempre a leitura foi seu passatempo preferido e o passo natural para a escrita.

Escrever tornou-se um hábito, um *hobby*, quase um vício. Mas só recentemente resolveu tirar do baú seus alfarrábios para publicar a grande quantidade de textos que escreveu.

Pós-graduado em Biologia e Administração, foi professor secundário e universitário.

Gerenciou áreas de treinamento, recursos humanos e marketing de grandes organizações.

Foi superintendente do Unibanco e diretor da Promon Engenharia.

Atualmente é consultor de empresas e autor de livros de administração geral, didáticos e de ficção.

Não podia ser melhor, podia?

COLEÇÃO JABUTI

4 Ases & 1 Curinga
Adeus, escola ▼◆🗐☒
Adivinhador, O
Amazônia
Anjos do mar
Aprendendo a viver ◆⌘■
Aqui dentro há um longe imenso
Artista na ponte num dia de chuva e neblina, O ✻★⌗
Aventura na França
Awankana ✐☆⌗
Baleias não dizem adeus ✻🕮⌗○
Bilhetinhos ✪
Blog da Marina, O ⌗✐
Boa de garfo e outros contos ◆✐⌘⌗
Bonequeiro de sucata, O
Borboletas na chuva
Botão grená, O ▼✐
Braçoabraço ▼⚐
Caderno de segredos ❑◎✐🕮⌗○
Carrego no peito
Carta do pirata francês, A ✐
Casa de Hans Kunst, A
Cavaleiro das palavras, O ★
Cérbero, o navio do inferno 🕮☑⌗
Charadas para qualquer Sherlock
Chico, Edu e o nono ano
Clube dos Leitores de Histórias Tristes ✐
Com o coração do outro lado do mundo ■
Conquista da vida, A
Contos caipiras
Da costa do ouro ▲⌗○
Da matéria dos sonhos 🕮☑⌗
De Paris, com amor ❑◎★🕮⌘☒⌗
De sonhar também se vive...
Debaixo da ingazeira da praça
Delicadezas do espanto ✪
Desafio nas missões
Desafios do rebelde, Os
Desprezados F. C.
Deusa da minha rua, A 🕮⌗○
Devezenquandário de Leila Rosa Canguçu ✈
Dúvidas, segredos e descobertas
É tudo mentira
Enigma dos chimpanzés, O
Enquanto meu amor não vem ●✐⌗
Escandaloso teatro das virtudes, O ✈
Espelho maldito ▼✐⌘
Estava nascendo o dia em que conheceriam o mar
Estranho doutor Pimenta, O
Face oculta, A
Fantasmas ⌗
Fantasmas da rua do Canto, Os ✐
Firme como boia ▼⌗○
Florestania ✐
Furo de reportagem ❑✪◎🕮⚐⌗
Futuro feito à mão
Goleiro Leleta, O ▲
Guerra das sabidas contra os atletas vagais, A ✐
Hipergame ☙🕮⌗
História de Lalo, A ⌘
Histórias do mundo que se foi ▲✐✪
Homem que não teimava, O ◎❑✪⚐○
Ilhados
Ingênuo? Nem tanto...
Jeitão da turma, O ✐○
Lelé da Cuca, detetive especial ☑✪
Lia e o sétimo ano ✐■
Liberdade virtual ✐
Lobo, lobão, lobisomem
Luana Carranca
Machado e Juca †▼●☞☑⌗
Mágica para cegos
Mariana e o lobo Mall 🕮⌗
Márika e o oitavo ano ■
Marília, mar e ilha 🗐✍✐
Mataram nosso zagueiro
Matéria de delicadeza ✐☞⌗
Melhores dias virão
Memórias mal-assombradas de um fantasma canhoto
Menino e o mar, O ✐
Miguel e o sexto ano ✐
Minha querida filhinha
Miopia e outros contos insólitos
Mistério de Ícaro, O ✪⚐
Mistério mora ao lado, O ▼✪
Mochila, A
Motorista que contava assustadoras histórias de amor, O ▼●🗐⌗
Muito além da imaginação
Na mesma sintonia ⌗■
Na trilha do mamute ■✐☞⌗
Não se esqueçam da rosa ♠⌗
Nos passos da dança
Oh, Coração!
Passado nas mãos de Sandra, O ▼◎⌗○
Perseguição
Porta a porta ■🗐❑◎✐⌘⌗
Porta do meu coração, A ◆⚐
Primavera pop! ✪🕮⚐
Primeiro amor
Que tal passar um ano num país estrangeiro?
Quero ser belo ☑
Redes solidárias ◎▲❑✐⚐⌗
Reportagem mortal
Riso da morte, O
romeu@julieta.com.br ❑🗐⌘⌗
Rua 46 †❑◎⌘⌗
Sabor de vitória 🗐⌗○
Saci à solta
Sardenta ☞🕮☑⌗
Savanas
Segredo de Estado ■☛
Sendo o que se é
Sete casos do detetive Xulé ■
Só entre nós – Abelardo e Heloísa
Só não venha de calça branca
Sofia e outros contos ☺
Sol é testemunha, O
Sorveteria, A
Surpresas da vida
Táli ☺
Tanto faz
Tenemit, a flor de lótus
Tigre na caverna, O
Triângulo de fogo
Última flor de abril, A
Um anarquista no sótão
Um balão caindo perto de nós
Um dia de matar! ●
Um e-mail em vermelho
Um sopro de esperança
Um trem para outro (?) mundo ✖
Uma janela para o crime
Uma trama perfeita
Vampíria
Vera Lúcia, verdade e luz ❑◆◎
Vida no escuro, A
Viva a poesia viva ●❑◎✐🕮⌗
Viver melhor ❑◎⌗
Vô, cadê você?
Yakima, o menino-onça ☝☙○
Zero a zero

★ Prêmio Altamente Recomendável da FNLIJ
☆ Prêmio Jabuti
✻ Prêmio "João-de-Barro" (MG)
▲ Prêmio Adolfo Aizen - UBE
✍ Premiado na Bienal Nestlé de Literatura Brasileira
☛ Premiado na França e na Espanha
☺ Finalista do Prêmio Jabuti
☝ Recomendado pela FNLIJ
✖ Fundo Municipal de Educação - Petrópolis/RJ
✪ Fundação Luís Eduardo Magalhães
● CONAE-SP
⌗ Salão Capixaba-ES
▼ Secretaria Municipal de Educação (RJ)
■ Departamento de Bibliotecas Infantojuvenis da Secretaria Municipal da Cultura/SP
◆ Programa Uma Biblioteca em cada Município
❑ Programa Cantinho de Leitura (GO)
♠ Secretaria de Educação de MG/EJA - Ensino Fundamental
☞ Acervo Básico da FNLIJ
✈ Selecionado pela FNLIJ para a Feira de Bolonha
✐ Programa Nacional do Livro Did
🕮 Programa Bibliotecas Escolares
☙ Programa Nacional de Salas de
🗐 Programa Cantinho de Leitura (M
◎ Programa de Bibliotecas das Es duais (GO)
† Programa Biblioteca do Ensino Méd
⌘ Secretaria Municipal de Educação
☒ Programa "Fome de Saber", da Fa
⚐ Secretaria de Educação e Cultura d
☒ Prefeitura de Santana do Parnaíba
○ Secretaria de Educação e Cultura d